Petite Histoire

de

Neuilly=sur=Seine

HENRI CORBEL

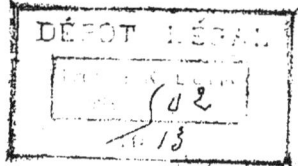

Petite Histoire

de

Neuilly=sur=Seine

---

26 ILLUSTRATIONS

TOURS

E. ARRAULT ET Cie, IMPRIMEURS-ÉDITEURS

6, RUE DE LA PRÉFECTURE, 6

1913

PRÉFACE

Il est curieux de constater que l'histoire de la commune que l'on habite est une de celles qu'on connaît le moins. Un voyageur qui interroge un habitant de quelque localité sur les monuments, la statue, la vieille église ou le château en ruines, qu'il y remarque, n'obtient presque jamais de réponse satisfaisante.

Demandez à un enfant de Neuilly quels sont les personnages célèbres qui ont habité les châteaux de Madrid, de Bagatelle, de Neuilly et de Villiers; quels souvenirs se rattachent à la plaine des Sablons; où se trouvent situés le pavillon de Wurtemberg, le petit palais qu'habitait le duc d'Orléans, l'aile droite, dernier vestige du château de Neuilly; la Folie Saint-James; il en est bien peu qui soient à même de répondre.

Un de nos ministres de l'Instruction publique, M. Maurice Faure, frappé de cette ignorance « d'autant plus fâcheuse », disait-il, « qu'il se dégage une forte vertu éducatrice de cette histoire particulière qui évoque les hommes et les choses d'un pays où l'on vit, où vos aïeux sont morts », adressait, lors de son passage au ministère, aux recteurs des diverses universités une circulaire dans laquelle il indiquait avec clarté les mesures à prendre pour développer, notamment à l'école primaire, l'enseignement pratique de l'histoire de la commune même, où la leçon était faite.

« Ainsi placés », ajoutait-il, « non dans un cadre imprécis et vague mais dans le milieu même, les faits deviendront plus

impressionnants, les personnages plus réels. Ainsi nourrie
pour ainsi dire des sucs du terroir, l'histoire nationale sera
plus vivante et mieux comprise. »

« N'a-t-on pas dit, très justement, qu'elle était surtout dans
les archives de nos communes. »

S'inspirant de la circulaire de M. Maurice Faure, notre
distingué et érudit bibliothécaire-archiviste, M. Henri Corbel,
a résumé l'histoire de Neuilly. On ne trouvera dans son
ouvrage aucune dissertation savante sur les points plus ou
moins obscurs de l'histoire.

Le but qu'il s'est proposé est plus modeste ; c'est celui que
lui assignait la destination du livre et son peu d'étendue. Il se
borne à raconter, dans l'ordre naturel des temps, les faits
saillants de notre histoire locale, faisant suivre chaque chapitre d'un récit qui le rend plus attrayant.

Connaître l'histoire de sa ville, c'est apprendre à l'aimer ;
elle doit être chérie un peu comme une demeure paternelle où
l'on continue à vivre et que le passé rend plus aimée encore
en mêlant à la douce accoutumance des choses parmi lesquelles
on a grandi la poésie des lointains souvenirs. Comme il n'y a
pour l'enfant la possibilité de grandir que sous la protection
de la famille, l'on ne peut aimer la grande Patrie de tous les
fils de France qu'en aimant d'abord et en chérissant la petite
patrie locale qui fut notre berceau et où dort du dernier som-
meil toute une longue lignée d'ancêtres.

E. CIRCAUD,
Secrétaire général de la Commission
historique de Neuilly.

RÉSUMÉ CHRONOLOGIQUE
DES ÉVÉNEMENTS HISTORIQUES

I. — Les origines.

La forêt de Rouvray. — Durant des siècles, la forêt de Rouvray, dont le bois de Boulogne n'est plus qu'un faible débris, couvrit de ses taillis impénétrables l'immense territoire qui s'étend de Saint-Cloud à Saint-Denis et qui comprenait en outre Boulogne, Auteuil, Passy, Chaillot et le Roule.

Époque romaine. — De l'époque romaine, civilisation d'une durée de cinq cents ans, aucun document écrit ne nous est resté. On a retrouvé cependant des traces du passage des Romains, près du pont d'Asnières et dans les environs de l'ancien pont de bois de Neuilly, des armes et des médailles romaines ; une voie romaine profondément pierrée a été découverte vers 1845 rue de Villiers, 76, à Levallois-Perret, qui se dirigeait de Montmartre au mont Valérien (propriété de M. Longavenne).

Époque mérovingienne. Fondation de Clichy. — Clichy est le plus ancien village des environs de Paris. Le nom de *garenne**, que Clichy comme Villiers ont porté, indique que ces lieux faisaient partie de la garenne de l'abbaye de Saint-Denis.

Clichy, berceau de Villiers et de Neuilly. — Clichy fut la résidence favorite de Dagobert I⁰. Mais le palais du roi, nommé la *Noble Maison*, ne consistait qu'en une *villette** de petite affaire, dont Villiers-la-Garenne n'était qu'une dépendance. Nous savons d'ailleurs par un chroniqueur du septième siècle, Frédégaire, que Clotaire II résida en 625 à Clichy et que Sigebert, fils aîné de Dagobert I⁰, y naquit en 630. Le 28 février 718, Chilpéric II, par un acte daté de Compiègne, donna à l'abbaye de Saint-Denis la forêt de Rouvray et les maisons du vieux Clichy et Charles Martel, en 741, compléta ce don en y ajoutant les terres environnantes. Le roi Robert II, par acte du 17 mai 1008, confirma ces libéralités : Rouvray et toutes ses dépendances devinrent donc simple fief des puissants abbés de Saint-Denis. L'un des deux *villare* qui sont mentionnés dans les partages des biens de l'abbaye de Saint-Denis en 832 et en 862 n'était autre que Villiers-la-Garenne.

Villiers et Neuilly à l'origine. — De même que Villiers n'était à l'origine qu'une métairie, Neuilly ne fut pas longtemps qu'un simple gué, puis un petit port habité par quelques pêcheurs. Ce port avait nom *Lugniacum*, dont on fit *Luny* et plus tard *Nuly*, puis *Neuilly*. Son importance s'accrut au détriment de Villiers, parce que cette paroisse ne se trouvait pas sur la route qui mit Paris en relation avec la région Ouest et la Normandie : de tout temps le gué et le port furent regardés comme une position stratégique de grande valeur.

Neuilly dépendance de Villiers. — Néanmoins le village de Neuilly ne fut considéré, jusqu'à la Révolution, que comme un écart de Villiers. On appela longtemps et jusqu'en 1700 Neuilly, Port-Neuilly.

II. — Le moyen âge.

L'inondation de 1080. — En 1080 les eaux de la Seine débordèrent de façon à submerger la plaine jusqu'au Roule. Ce fait important est rapporté dans les *Grandes Chroniques* de l'abbaye de Saint-Denis.

Établissement d'un bac (1140). — En 1140, Suger, abbé de Saint-Denis, l'ami et l'inspirateur des rois Louis VII et Louis VIII, fit établir un bac au port de Neuilly pour traverser la Seine vis-à-vis de Courbevoie : le port de Neuilly et la route de Normandie furent bientôt créés et c'est ainsi que commença la fortune du petit hameau appelé Port-Neuilly : les religieux de Saint-Denis y firent bâtir une maison, la *Chantrerie*, où habitait l'officier chargé de recevoir les droits de péage. Cette Chantrerie se voit sur le plan de Port-Neuilly en 1657, conservé aux Archives nationales.

Saint-Martin de Villiers-la-Garenne. — L'église paroissiale de Neuilly s'appelait Saint-Martin de Villiers-la-Garenne. L'abbé Lebœuf, dans son *Histoire du Diocèse de Paris*, prétend qu'elle existait déjà en 1217.

Cette assertion est d'autant plus vraisemblable qu'à cette époque la plaine de Villiers et de Neuilly fut défrichée, à la suite de coupes importantes faites dans la forêt de Rouvray : des serfs et des paysans vinrent s'installer dans la partie voisine de la Seine et obtinrent la création d'une paroisse sous le vocable de Saint-Martin.

Fondation de Longchamp (1256). — L'abbaye de Longchamp, située au pied du Mont Valérien, face à Suresnes, fut fondée en 1256 par Isabelle de France, sœur de saint Louis, dernière fille de Louis VIII et de Blanche de Castille.

Invasion des Anglais (1346). — Henri Martin, dans son *Histoire de France*, raconte qu'en 1346, le prince de Galles poussa jusqu'au château de Saint-Germain. Ses bandes de soldats pillards se répandirent à l'ouest et au sud de Paris et réduisirent en cendres Nanterre, Rueil, Boulogne, Saint-Cloud et Neuilly.

Villiers et Neuilly au XVᵉ siècle. — En l'an 1500 on édifia une tour neuve, destinée à consolider la petite église Saint-Martin de Villiers-la-Garenne. Elle n'avait que 200 paroissiens et resta l'unique église des deux hameaux jusqu'en 1540.

III. — Neuilly aux XVI° et XVII° siècles.

Le château de Madrid (1528). — En 1528 François Ier ordonna la construction du château de Madrid appelé d'abord *Château de Boulogne*

L'église Saint-Jean Baptiste (1540). — En 1540, fut édifiée, sous le vocable de Saint-Jean-Baptiste, au bout de la rue Soyer actuelle, presque sur la berge de la Seine, une petite chapelle aux frais d'un gentilhomme champenois nommé Jean-Baptiste de Chantemerle et desservie par un vicaire dépendant du curé de Villiers.

La magnanerie de Balbani (1600). — En 1600 on établit une *magnanerie**, au château de Madrid, sous la direction de Balbani.

L'accident d'Henri IV (1606). — Henri IV et la reine Marie de Médicis revenant avec leur suite du château de Saint-Germain faillirent se noyer le 9 juin 1606 ; cet accident détermina l'établissement d'un pont en bois, en 1608, à l'endroit où se trouvait le bac et de ce fait le port de Neuilly prit encore plus d'extension. En 1639, on rebâtit pour la seconde fois le pont en bois.

Louis XIV à Madrid (1652). — En 1652 le jeune roi Louis XIV séjourna au château de Madrid et c'est de là qu'il se rendit au Louvre, après les troubles de la Fronde.

Le prétendu accident de Pascal (1654). — En 1654 on prétend que, Pascal d'après une légende reconnue fausse aujourd'hui, avec trois de ses amis, entraîné dans un carrosse attelé de quatre chevaux, faillit périr en traversant le pont de Neuilly ; les chevaux brisèrent leurs rênes et se précipitèrent dans le fleuve tandis que la voiture restait suspendue providentiellement au-dessus du vide.

Marguerite de Valois à Madrid (1658). — En 1658 Marguerite de Valois, première femme de Henri IV, vint habiter le château de Madrid. Son aumônier fut le célèbre curé de Clichy, saint Vincent de Paul.

Fondation de Saint-James (1665). — En 1665 le cardinal de Retz se retira à Neuilly au lieu dit *la Chambre* qui fut plus tard le domaine de Saint-James.

Le château de Neuilly (1668). — Le château de Neuilly devint en 1668 la résidence du marquis de Nointel, garde des sceaux par intérim de son Altesse Royale le duc d'Orléans.

Droits des Dames de Saint-Cyr (1686). — Les dames de Saint-Cyr furent substituées dans les droits de seigneurie que l'abbaye de Saint-Denis possédait à la fois sur Neuilly et Villiers.

Création de la paroisse du Roule (1698). — A l'extrémité du territoire de Neuilly était le hameau des Ternes, continué vers Paris par le Bas-Roule et le Haut-Roule. Les droits de la paroisse de Saint-Martin de Villiers s'étendaient jusque là. Le 2 mars 1698 fut créée une paroisse distraite de celle de Villiers, ce fut l'église Saint-Philippe du Roule d'abord appelée *Chapelle de la Maladrerie**.

IV. — Neuilly au XVIIIe siècle.

Neuilly sous Louis XV. — En 1740 une grande inondation ravagea Neuilly et Paris.

En 1749 l'abbé Chauveau fit poser la première pierre de son église que l'on appela longtemps la « Nouvelle église de Neuilly ».

En 1750 Louis XV prit pour la première fois la route de Révolte qui, depuis cette époque, a conservé ce nom ; elle existait toutefois en 1731, car on la trouve indiquée sur le plan de Roussel.

Le pont de Perronet (1772). — En août 1768 fut posée la première pierre du pont bâti par Perronet et le 22 septembre 1772 on procéda, en présence de Louis XV, de la cour et d'une foule immense, au décintrement du pont.

Les folies d'Artois et Saint-James (1777 et 1778). — Le comte d'Artois, frère de Louis XVI, à la suite d'un pari de 100.000 francs avec sa belle-sœur, la reine Marie-Antoinette, fit édifier en soixante-quatre jours, par l'architecte Bellanger, la *Folie d'Artois* (Bagatelle). Le même architecte construisit en 1778, pour Baudard de Vaudésir, baron de Saint-James, la *Folie Saint-James* (16, avenue de Madrid).

Expériences de Parmentier (1787). — Le 24 août 1787, l'agronome* Parmentier offrit au roi Louis XVI des fleurs de pommes de terre et des tubercules éclos dans la plaine des Sablons.

Création du corps municipal (1790). — Le 7 février 1790 les habitants de Neuilly s'assemblèrent dans l'église Saint-Jean-Baptiste d'alors pour l'élection du corps municipal.

Ses principaux actes. — Le 1er avril 1791 la municipalité suspendit par arrêté les danses chez les marchands de vin pendant le carême.

Le 15 septembre 1792 le corps municipal décida l'enlèvement des grilles autour de la croix d'Armenonville, au Bois de Boulogne, pour les transformer en piques pour la défense de la patrie.

Le 7 novembre 1793 une intéressante délibération de la municipalité fixa le prix de la journée de travail des diverses industries et des divers métiers.

Le 31 octobre 1793 le tutoiement devint obligatoire dans la commune.

Le 1er janvier 1794 le Conseil général de la Commune arrêta qu'il serait placé sur le clocher de Neuilly une girouette tricolore surmontée du bonnet phrygien*.

Le 25 mai 1794 l'église Saint-Jean-Baptiste d'alors, devenue *temple de la Raison*, vit remplacer cette mention par la suivante : *Le peuple français reconnaît l'Être suprême et l'immortalité de l'âme*.

Vente de Madrid et achat de l'horloge de Bagatelle (1793). — Le 27 mars 1792 le château de Madrid fut vendu comme bien national et démoli ensuite.

Le 25 octobre 1793 le Conseil de la municipalité de Neuilly fit une démarche auprès des créanciers de *Charles-Philippe Capet*, émigré (le Comte d'Artois) pour obtenir gratuitement l'horloge de Bagatelle.

Dans les premiers jours de novembre 1793, cette horloge fut achetée 625 livres pour la Mairie qui était installée dans une salle adossée à l'église. Elle orna désormais le fronton de l'église Saint-Jean-Baptiste.

Création de l'École de Mars (1794). — La Convention, sur la proposition de Barère, crée l'Ecole de Mars dans la plaine des Sablons (décret du 1er juin).

Famine à Neuilly (1795). — Les femmes de Neuilly se révoltèrent, à propos d'une disette de pain. Le corps municipal, voulant réprimer l'émeute, fut menacé. Son appel au respect des lois lui valut cette réponse : *Qu'il n'y a plus de lois, quand le peuple est en insurrection.*

Réouverture de Saint-Jean-Baptiste (1795). — A la demande de plusieurs habitants qui se chargèrent des frais du culte, l'église Saint-Jean-Baptiste d'alors fut ouverte à nouveau le 28 juin 1795 et devint paroisse désormais.

V. — Neuilly au XIXe siècle et jusqu'à nos jours.

Le cimetière ancien (1803). — Le cimetière ancien, situé entre les rues Jacques Dulud et des Graviers remonte à 1803. Le prince Murat en fit l'acquisition, et le céda à la commune de Neuilly en échange d'une partie du *Chemin de la Procession.*

L'Arc de Triomphe (1806). — Par décret en date du 18 février 1806, Napoléon Ier décida l'érection de l'arc de Triomphe de l'Étoile, *qui appartint au territoire de Neuilly, jusqu'au décret impérial de 1859.*

Pauline Bonaparte au château de Neuilly (1808). — En 1808, le château de Neuilly, propriété de Murat, passa aux mains de Pauline Bonaparte, épouse du prince Borghèse.

La première Mairie (1811). — En 1811, fut acheté l'immeuble appartenant à Mme veuve Petit, rue de Madrid (rue du Château actuelle) pour y bâtir la Mairie.

Invasion des alliés (1814-1815). — En 1814, le pont de Neuilly fut défendu contre les armées alliées par quatre pièces de canon servies par quelques gardes nationaux : Wellington occupa la Folie Saint-James le 4 juillet 1815.

La fête de Neuilly (1815). — Un décret impérial du 10 juin 1815, inséré au *Bulletin des Lois,* établit la foire annuelle de la Saint-Jean dans la commune de Neuilly. Ce fut l'origine de la fête de Neuilly.

Le duc d'Orléans à Neuilly (1818-1819). — En 1818, le duc d'Orléans reçut de Louis XVIII la propriété des châteaux de Neuilly et de Villiers, en échange des bâtiments des Écuries de Chartres situées rue Saint-Thomas du Louvre à Paris.

Création de Sablonville (1825). — M. Rougevin, architecte, lotit les terrains de Sablonville et créa ainsi le quartier qui porte ce nom.

On reconstruit Saint-Jean-Baptiste (1827). — L'église Saint-Jean-Baptiste, étant trop petite pour le nombre des paroissiens, fut reconstruite et cette reconstruction atteignit près de 170.000 francs (architecte M. Molinos).

Neuilly en 1830. — En 1830, les délégués du Gouvernement vinrent offrir, au château de Neuilly, la lieutenance générale du royaume au duc d'Orléans que l'on proclama ensuite roi des Français sous le nom de Louis-Philippe I⁰ʳ.

La porte d'Orléans (1835). — Ouverture de la porte d'Orléans au Bois de Boulogne (délibération du Conseil municipal, 9 mai 1835).

L'ancienne Mairie de Neuilly (1836). — La Mairie de Neuilly a été pendant longtemps à Sablonville, à l'endroit qu'occupe maintenant la Justice de paix, place Parmentier. Ce monument fut construit en 1836 par M. Marcel.

Retour des cendres de Napoléon Iᵉʳ (1840). — Les 14 et 15 décembre 1840 les cendres de Napoléon Iᵉʳ arrivèrent à Courbevoie sur la *Dorade n⁰ 3*. Le cercueil fut transporté par les marins de la *Belle-Poule* dans un temple grec élevé au débarcadère. Le cortège traversa l'avenue de Neuilly et les Champs-Élysées pour se rendre aux Invalides, au milieu d'une foule de 500.000 personnes.

Loi du 3 avril 1841 sur la création des fortifications. — Les fortifications de Paris commencées en 1841, nécessitèrent la création d'une zone militaire, dite zone *non œdificandi*, c'est-à-dire interdisant toute construction dans un rayon de 250 mètres à partir de l'escarpe.

Mort du duc d'Orléans (1842). — Le 13 juillet 1842, le duc d'Orléans mourut victime d'un accident de voiture, route de la Révolte.

La chapelle Saint-Ferdinand ou Notre-Dame-de-la-Compassion (1843). — Une chapelle dite Saint-Ferdinand fut construite en 1843 à l'endroit où le prince expira (boutique de l'épicier Cordier).

Sac et incendie des châteaux de Neuilly et Villiers (1848). — Le 25 février 1848, la Révolution se signala à Neuilly par le sac et l'incendie des châteaux de Neuilly et de Villiers.

La frégate-école de Neuilly (1851). — La frégate-école de Neuilly fut lancée le 23 novembre 1851 en présence du prince-président Louis-Napoléon et du curé de Neuilly, Coquereau.

L'asile Mathilde (1853). — L'asile Mathilde fut fondé le 17 avril 1853, 42, avenue du Roule, et reconnu d'utilité publique en 1855 (30 juin). Il fut fondé par la princesse Mathilde qui laissa par testament à cet établissement une somme de 100.000 francs.

Lotissement du parc de Neuilly (1853-1854). — Le parc de Neuilly contenait environ 170 hectares bornés à l'ouest par la Seine, à l'est par les fortifications, au midi par l'avenue du Roule, l'avenue Sainte-Foy, la rue Soyer, au nord par la rue de Villiers : le domaine de l'État divise le parc en 700 lots ; il y fait établir sept boulevards de 30 mètres de large et neuf rues de 15 mètres. Tous ces lots furent l'objet d'adjudications successives à partir de 1854.

Création du boulevard Maillot (1855). — La ville de Paris détache du Bois de Boulogne une superficie de 17 hectares et en fait la cession à une compagnie qui crée le boulevard et le quartier Maillot comprenant les rues Charles-Laffitte, Ancelle, Deleau et le prolongement des rues Montrozier, du Marché et des Graviers.

Annexion des Ternes (1859). — Les Ternes, depuis la plus lointaine origine, appartenaient au territoire de Neuilly. Un décret du 16 juin 1859 les sépara de notre commune.

Le Jardin d'Acclimatation (1860). — L'inauguration du Jardin d'Acclimatation eut lieu le 6 octobre 1860 (superficie 20 hectares environ).

La pompe à feu de Bagatelle (1860). — Le marquis d'Herford, propriétaire de Bagatelle, fit reconstruire en 1860, par l'architecte Léon de Sangès, l'ancienne pompe à feu établie par le comte d'Artois.

Couvent des Augustines anglaises (1862). — On inaugura, en présence de l'archevêque et cardinal Morlot, le couvent des Dames augustines anglaises sur le boulevard Eugène (aujourd'hui boulevard Victor-Hugo).

La Porte Champerret (1864). — On ouvrit dans l'enceinte des fortifications une nouvelle porte dénommée porte Champerret, qui permit de relier le boulevard de Neuilly à Paris (avenue de Villiers), avec le boulevard Bineau.

Sainte-Croix à Neuilly (1866). — L'institution de Notre-Dame-de-Sainte-Croix, fondée en 1850, dans l'ancien château des Ternes, est transférée en 1866 au 30, avenue du Roule.

Levallois-Perret se sépare de Neuilly (1866). — La dernière diminution de territoire subie par Neuilly eut lieu en 1866, par la création de la commune de Levallois-Perret (autrefois le village de Champerret, c'est-à-dire *champ pierreux*).

Obsèques de Victor Noir (12 janvier 1870). — Le 12 janvier 1870 eurent lieu les obsèques de Victor Noir, tué par le prince Pierre Bonaparte.

Événements de 1870 et 1871 à Neuilly. — Le 18 septembre 1870, le maire, M. Ybry, transféra, avec l'avis du Conseil municipal, les archives locales au greffe du Tribunal de Commerce de Paris et le siège de la mairie au 22, rue Lafayette, à Paris.

Le 6 octobre 1870, le Conseil municipal de Neuilly siégea pour la première fois dans ce local provisoire et ne revint à Neuilly que le 9 mars 1871 : son but fut surtout de s'occuper de fournir des vivres aux habitants neuillistes restés dans leurs foyers.

Du 1er avril au 22 mai 1871 un bataillon de fédérés* parisiens occupa Neuilly.

Il y eut 52 jours de lutte : des combats presque journaliers se livrèrent entre les troupes de Versailles et les fédérés.

Pris entre deux feux, ceux du Mont Valérien et ceux de la Porte Maillot, les malheureux habitants durent se réfugier dans les caves. La ville fut très éprouvée : il y eut pour plus de 10 millions de dégâts.

Le 25 avril, à la faveur d'un armistice de quelques heures, quelques habitants de Neuilly purent, par la porte des Ternes, s'échapper de leur commune dévastée par le pillage, l'incendie et le bombardement.

Le 21 mai, l'armée de Versailles réussit à pénétrer dans Paris par la porte de Versailles et mit fin à l'insurrection.

Le Trianon de Bagatelle (1872). — En 1872, sir Richard Wallace supprime le bâtiment des pages de Bagatelle et le remplace par le *Trianon* actuel.

L'Hôtel de Ville de Gaspard André, Dutocq et Simonet (1887-1897). — Le 30 juillet 1882 fut posée la première pierre de l'Hôtel de Ville actuel et le 16 janvier 1886 eut lieu l'inauguration. On construisit la même année les groupes scolaires de l'avenue du Roule.

L'Église Saint-Pierre (1887-1897). — La première pierre de l'église Saint-Pierre fut posée le 30 octobre 1887 et l'édifice fut livré au culte avant son complet achèvement le 15 avril 1897.

Statues de Neuilly. — Les statues de *Parmentier* (1888) et de *Perronet* (1897), toutes deux dues au talent du sculpteur lyonnais Adrien Gaudez, furent placées dans le square de l'Hôtel de Ville et sur le rond-point d'Inkermann. Il faut signaler encore sur le territoire de notre commune la statue de *Jeanne d'Arc*, par Péchiné (7 mai 1905); les monuments des *Aéronautes du Siège* (Bartholdi, sculpteur), près de la porte des Ternes (28 janvier 1906); la statue d'*Alfred de Musset*, Granet, sculpteur (24 juin 1906), au rond-point Maillot, et dans le cimetière ancien les monuments du *général Henrion Bertier* — qui fut maire de Neuilly — Granet, sculpteur (inauguré le 8 mars 1903), et des *Morts de 1870* (Verlet, sculpteur), le marbre de Ferrary, le *Bourreau*, dans le square de l'Hôtel de Ville.

Duel Boulanger-Floquet (1888). — Le 14 juillet 1888 eut lieu, dans la propriété du comte Dillon, boulevard d'Argenson, 6, le duel du général Boulanger et de Floquet. Le général fut blessé grièvement au cou.

Retraite Galignani (1889). — Le 8 avril 1889 fut inaugurée la maison de retraite Galignani frères, boulevard Bineau, 55.

Création du quartier Berteaux-Dumas (1908-1909). — En 1909, on créa, dans l'ancienne propriété Berteaux, une série de rues qui forment à présent un quartier nouveau sis entre l'avenue du Roule et l'avenue de Neuilly.

Groupe scolaire boulevard de la Saussaye (1910). — On inaugura boulevard de la Saussaye un nouveau groupe scolaire comprenant à la fois une école de filles et de garçons, et une école maternelle.

Première pierre du Lycée Pasteur (1912). — Le samedi 6 juillet 1912 fut posée, en présence de M. Guist'hau, ministre de l'Instruction publique, la première pierre du futur lycée de Neuilly, qui occupera une superficie de 12.127 mètres. Il a reçu la dénomination de Lycée Pasteur (architecte, M. Umbdenstock).

COUP D'ŒIL GÉNÉRAL

Situation. — La ville de Neuilly-sur-Seine est située entre la rive droite de la Seine, la commune de Levallois-Perret, les fortifications de Paris et le Bois de Boulogne dans la première boucle que fait le fleuve au sortir de la capitale.

C'est un chef-lieu de canton du département de la Seine qui compte, d'après le dernier recensement, 44.616 âmes. L'ancien canton de Neuilly formait autrefois un vaste territoire comprenant les Ternes, l'Étoile, le Bois de Boulogne, Passy, Auteuil, Boulogne, et de l'autre côté, Levallois-Perret et Clichy.

Étymologie de Neuilly. — Le nom de Neuilly tire son origine du mot *Lulliacum* ou *Lugniacum* qui veut dire lieu appartenant à *Lullius* ou *Lugnius*. La désignation *portum de Lulliaco* se trouve mentionnée dans les lettres et actes de l'abbaye de Saint-Denis de 1224 et 1224.

On trouve aussi *port de Luingni* dans un acte de 1266. En 1648, on disait encore *port de Luny*. De *Luingni* ou *Luny*, on fit *Nuly*, puis *Neuilly* par une transformation phonétique assez courante dans l'histoire de notre langue (loi phonétique de *l* mouillée).

Étymologie de Villiers. — Quant au nom de Villiers, il vient du bas latin *villare*, dérivé lui-même du latin classique *villa*. *Villare* signifie maison de campagne ou grande ferme.

Dénomination des habitants. — Les uns disent *Neuillois*, les autres *Neuillylois*, quelques-uns *Neulléens*. La première forme est la plus usitée, malgré que l'almanach Hachette et le petit Larousse illustré proposent avec une constance digne d'un meilleur sort le mot *Neuillystes* ou *Neuillistes*.

Armoiries de la ville de Neuilly. — La ville de Neuilly porte : de gueules au pont d'or accompagné d'un vaisseau d'argent soutenu d'une mer de même : au chef d'azur chargé de trois fleurs parmentières d'or.

La devise est la suivante : *Præteritis egregia, quotidie florescit*, ce qui signifie : Déjà illustre par son passé, de jour en jour plus florissante. Ces armoiries datent officiellement du 19 janvier 1900.

Nom officiel. — Par délibération du 17 janvier 1896, le conseil municipal de Neuilly émit le vœu que le nom officiel de notre ville fût Neuilly-sur-Seine et un décret présidentiel du 2 mai 1897 ratifia ce désir.

CHAPITRE PREMIER

HISTOIRE DU BOIS DE BOULOGNE
DE LONGCHAMP ET DE MADRID

I. — Histoire du Bois de Boulogne.

Le Bois est le noyau de l'antique forêt de Rouvray. — Le Bois actuel est ce qui nous reste de l'immense forêt de Rouvray qui comprenait une partie de Saint-Cloud, la Seine, Boulogne, Auteuil, Passy, Chaillot, la plaine Saint-Denis tout entière jusqu'au versant nord de la Butte Montmartre avec la grande plaine des Sablons, le Roule, Villiers et Clichy.

Sous le roi Robert II le Pieux, dans un acte du 17 mai 1008, nous voyons que cette forêt giboyeuse réservée aux chasses des princes et des rois s'appelait *Rubridum Sylva*, déformation de la vieille expression *Roboretum*, qui devint plus tard *Rovretum* qui veut dire chênaie.

Le chêne rouvre (*quercus robur*) formait en effet l'essence dominante de la forêt, d'où le nom de Rouvray.

D'après Dulaure, cette forêt fut peu à peu essartée dans la partie la plus voisine de Saint-Cloud : il se forma bientôt un petit hameau nommé *Menus-lès-Saint-Cloud*, qui dépendait de la paroisse d'Auteuil.

Origine de Boulogne-sur-Seine. — Quelques habitants de Paris et des environs, au retour d'un pèlerinage à N.-D. de Boulogne-sur-Mer obtinrent en 1319, de Philippe le Long, la permission de construire une église dans le village de *Menus*. Cet édifice, bâti sur le modèle de Boulogne-sur-Mer, prit le nom de *Notre-Dame de Boulogne-la-Petite* ou *Boulogne-sur-Seine*. Le nom de *Menus* fut oublié et le village prit le nom de *Boulogne* qui lui est resté.

Le bois de Saint-Cloud et le bois de Rouvray. — La forêt de Rouvray perdit en 1358 son appellation de *forêt*. On l'appela, suivant le cas, *Bois de Saint-Cloud* ou *Bois de Rouvray*. Ce n'est que par un édit du 10 juillet 1469 que le bois de Rouvray prit le nom de Bois du village de Boulogne.

Historique du Bois de Boulogne. — En 1474, les chasses, les garennes et les remises du Bois furent mises sous l'autorité d'*Olivier le Daim* qui fut créé, par Louis XI, capitaine du pont de Saint-Cloud et grand gruyer* de Rouvray. Puis, sous le même règne, le Bois fut érigé en seigneurie au profit de Jacques *Coictier*, médecin du roi.

François Ier, avant de bâtir le château de Madrid, ordonna d'entourer de murs les taillis du Bois, œuvre qui ne fut achevée qu'en 1556 sous son fils Henri II.

D'après Poullain de Saint-Foix (*Essais sur Paris*), Henri III voulait élever dans les allées du Bois des mausolées aux chevaliers du Saint-Esprit.

En 1679, Louis XIV fit faire, par les soins de *Colbert*, la réformation de toutes les forêts royales. Le Bois avait été, pour sa part, très endommagé par des coupes successives faites notamment au profit des abbesses de Longchamp, par des passages de troupeaux et des déprédations de toute sorte.

En 1703, le Bois transformé était sillonné par quantité d'avenues. Sur le plan *Nicolas de Fer*, on remarque les trois principales avenues qui permettaient d'accéder à Madrid, à Longchamp et à la Muette. Paris, qui grandissait de jour en jour, se rapprochait du Bois : les eaux de Passy, découvertes en 1658 et 1719, mirent le Bois à la mode.

Origine du Pré Catelan. — On a voulu voir, dans l'*ex-voto** expiatoire appelé Croix-Catelan en mémoire du malheureux trouvère de ce nom assassiné en se rendant auprès de Philippe le Bel, l'origine du Pré Catelan. Cet endroit a pour parrain *Thomas Catelan* qui fut capitaine de la garenne* du Bois de Boulogne et qui habita le château de la Muette.

Le château de la Muette. — *Fleuriau d'Armenonville* prit, en 1702, la charge de *Catelan* et reçut à la Muette, le 5 septembre 1707, le duc et de la duchesse de Bourgogne (*Journal de Dan-*

geau). En 1716, le château fut acheté par la duchesse de Berry et, après sa mort survenue en 1719, Louis XV le fit rebâtir presque entièrement et y vint souvent souper.

Le dix-huitième siècle fit ainsi la fortune du Bois de Boulogne.

Marie-Antoinette, hôtesse habituelle de la Muette, où elle passa en 1770 la nuit de ses fiançailles, autorisa en 1774 un garde-forestier, le sieur Morisan, à ouvrir le *Ranelagh*, sorte de guinguette* aristocratique avec salle de danse, bosquets, jeux champêtres, où la haute société de l'époque but, soupa et dansa en admirant *Trenitz* (1).

Le Bois devint à la mode : chaque année le roi le traversa en grande pompe, pour aller passer sur la plaine des Sablons la revue des gardes-françaises et des gardes-suisses.

Les premières courses de chevaux. — Les premières courses de chevaux eurent lieu non loin de la porte Maillot,

Fleuriau d'Armenonville (1661-1728).

dans la plaine des Sablons, le 27 février 1766 (*Mémoires inédits du duc de Croy*). En 1775, Bachaumont, dans ses *Mémoires secrets*, nous apprend que la reine Marie-Antoinette prenait le plus grand plaisir à ce spectacle. Il faut y voir l'origine des courses de Longchamp.

LECTURE. Fleuriau d'Armenonville (1661-1728). — Ce grand seigneur qui a donné son nom à un pavillon et à une allée du Bois de Boulogne que connaissent bien tous les Parisiens, fut un personnage considérable sous les règnes de Louis XIV et de Louis XV. En

___

(1) Trenitz fut le danseur en renom des salons de l'an IV (1796) et l'inventeur d'une contredanse qui porte encore aujourd'hui son nom et qui était autrefois la quatrième figure du quadrille ordinaire.

1702, il joignait à sa charge de capitaine des chasses du Bois de Boulogne celle de Directeur des Finances du royaume.

Fleuriau était né en 1661 et de son mariage avec Jane Gilbert en 1685 il eut un fils qui devint le comte de Morville, de l'Académie Française.

Fleuriau fut pendant quelque temps propriétaire du château de Rambouillet qu'il vendit en 1705 au grand roi « par respect » pour cinq cent mille livres.

Il reçut en échange le château de la Muette que la duchesse de Berry lui acheta en 1716 quatre cent mille livres.

En 1722, Fleuriau était garde des sceaux, importante fonction qu'il occupa jusqu'en 1727. Retiré dans son beau logement de Madrid dont il était gouverneur, il s'ingénia à répandre le bien autour de lui et fit faire le recensement de la population de Neuilly en 1727.

Après avoir obtenu de Louis XV la nomination d'un chapelain à Madrid, il y fit ouvrir une école : la maîtresse toucha 100 livres par an de traitement et en outre il fut convenu que les petits garçons lui donneraient à Noël chacun quatre chandelles et les petites filles un écheveau de laine.

Armenonville voulait de même réaliser le projet de relier la butte de l'Étoile au pont Neuilly (le projet qui rendit célèbre Perronet), enfin il voulait construire une église et un presbytère dans la plaine des Sablons, à cause du trop grand éloignement de la paroisse, Saint-Martin de Villiers.

La mort mit à néant tous ces projets qui honorent la mémoire de Fleuriau, dont l'épitaphe gravée par Desrochers au bas de son portrait est ainsi conçue :

> Joindre à la fermeté le cœur et l'esprit juste,
> Se montrer plein d'ardeur pour le bien de l'Etat,
> Soutenir de Thémis * le Tribunal auguste
> Voilà le vrai portrait de ce grand magistrat.

(L'abbé RICHARD.)

Le pavillon d'Armenonville. — Quatre historiens contemporains, l'abbé Bellanger, Descauriet, Barras, Darney prétendent que ce fut Fleuriau d'Armenonville qui fit construire près de la porte Maillot, un pavillon au carrefour qui porte encore aujourd'hui son nom, afin de laisser au chef de l'entreprise de bas de soie établie au château de Madrid tout l'emplacement nécessaire à son industrie. Il faut remarquer cependant que, sur le plan de l'abbé de la Grive, il n'y a qu'une croix indiquée à cet endroit. Dans tous les cas il paraît certain que ce pavillon fut démoli après la Révolution, s'il a jamais existé, car, au lieu dit Armenonville, le restaurant actuel date du 27 juin 1820.

Les duels au Bois de Boulogne. — Le Bois, très mal surveillé, parut à toute époque un lieu propice aux suicides et surtout aux duels. On s'y battait jadis très fréquemment, notamment au canton dit de la *Retraite*. Nous citerons parmi les rencontres célèbres : celle d'une Polonaise et d'une Française en 1721 à propos d'un chanteur nommé Chassé : celle de Mesdames de Polignac et de Nesle, de Mlles Théodore et de Beaumesnil, du comte d'Artois et du duc de Bourbon, de la Cardonnie et de Schantz, de Dugazon et de Desessart, de Naudet et de Talma, de Cazalès et de Barnave, de Martainville et d'Arnault, etc., etc.

De 1789 à nos jours. — Pendant la Révolution, le Bois fut dévasté par les vagabonds et les malandrins. Napoléon Ier ordonna donc de grands travaux pour la remise en état de la promenade qui entra dans la dotation de la couronne en 1810. Mais en 1815, les alliés qui campèrent entre le Ranelagh et la Porte-Maillot pendant cinq mois, saccagèrent tout : ce fut un véritable désastre, on dut de 1816 à 1817 replanter à neuf la majeure partie du Bois.

En 1832, une loi en date du 2 mars décida que la promenade serait maintenue parmi les Biens de la Couronne, mais, en 1841, la loi du 3 avril sur la création des fortifications lui fit perdre une importante lisière du côté de Passy et d'Auteuil, elle en détacha les pelouses du Ranelagh.

La Révolution de 1848 provoqua le retour du Bois au domaine de l'État.

Le 8 juillet 1852 fut enfin une date mémorable dans l'histoire du Bois de Boulogne : l'État céda en effet le Bois à la Ville de Paris à la charge de l'entretenir et de faire des embellissements jusqu'à concurrence de deux millions. En avril 1854, l'empereur Napoléon III inaugura la première partie de ces travaux et le 2 mai de la même année le chemin de fer de Paris à Auteuil était livré à l'exploitation.

Le 22 juin 1854, fut exécuté le percement de l'avenue de l'Impératrice, large de 180 mètres (l'actuelle avenue du Bois-de-Boulogne). Le 13 avril 1855, l'enclos de Madrid et la plaine de Longchamp étaient rivés à la chaîne de Paris.

Les travaux de transformation du Bois qui s'étaient effectués d'après les indications de Napoléon III grâce au concours du baron Haussmann et de M. Alphand étaient terminés. Il n'est que juste de signaler que ce furent MM. Hittorf, architecte, et Varé, jardinier fleuriste de grand talent, qui furent les véritables artisans de ces belles créations.

Enfin l'hippodrome de Longchamp fut achevé en mai 1857 : les tribunes étaient l'œuvre de Bailly, architecte et membre de l'Institut : elles ont été reconstruites en 1904 par M. Giraud, l'architecte du Petit-Palais.

En 1858, eut lieu la première convention avec le Jardin d'Acclimatation qui est devenu une des plus belles attractions de Paris et qui fut inauguré par Napoléon III le 6 octobre 1860.

Le premier directeur fut M. Mitchelle, de Londres, le second M. Rufz de Lavison qui eut pour successeur M. Geoffroy Saint-Hilaire.

M. Porte dirige l'établissement depuis 1893.

« Le Jardin d'acclimatation, disait M. Geoffroy Saint-Hilaire dans un rapport qui fut en même temps un programme, a été créé pour réunir les espèces animales qui peuvent donner avec avantage leur force, leur chair, leur laine, leurs produits de tous genres à l'agriculture, à l'industrie, au commerce ou encore d'utilité secondaire, mais très digne qu'on s'y attache, qui peuvent servir à nos délassements, à nos plaisirs, comme animaux d'ornement, de chasse ou d'agrément à quelque titre que ce soit. »

En 1870, le Bois de Boulogne et le Jardin d'Acclimatation subirent des dégâts importants.

Le Bois fut occupé militairement pendant la guerre franco-allemande. Le général Ducrot avait son quartier général au restaurant Gillet.

Sous la Commune, il y eut encore de nouvelles dégradations.

Le conseil municipal de Paris, en même temps qu'il faisait faire le nécessaire pour que le Bois fût remis en état, votait une subvention pour aider au relèvement du Jardin d'acclimatation.

En 1873, la ville de Paris concéda à la Société des Steeple-chases un vaste emplacement qui permit de créer le champ de courses et l'hippodrome d'Auteuil.

En 1882, le Pavillon chinois fut transféré à la porte Dauphine, après avoir fait les beaux jours de l'Exposition Universelle de 1878. Il a été démoli en 1913.

Enfin en 1905, grâce à M. de Selves, Bagatelle fut rattaché au domaine de la ville de Paris et l'on a créé depuis dans les jardins de l'ancienne « Folie d'Artois » une merveilleuse roseraie sous la direction de MM. Gravereaux et Forestier.

II. — L'Abbaye de Longchamp.

Situation de l'abbaye. — L'abbaye* de Longchamp s'élevait à l'endroit où s'allonge le Champ d'entraînement. La principale porte s'ouvrait en face du moulin qui existe encore, à l'extrémité Ouest de l'hippodrome actuel.

Histoire de l'abbaye (1255-1789). — L'abbaye de Longchamp fut fondée par Isabelle de France, fille de Louis VIII et sœur de saint Louis en 1255, sur le conseil de Hémeric, chancelier de Notre-Dame de Paris.

Ce lieu solitaire, Longchamp, tirait son nom de sa longue planure (*longus campus*), il était donc bien propice pour devenir l'asile de la prière et de l'humilité.

Il faut cependant ajouter qu'il eut longtemps une réputation aussi fâcheuse que celle de la forêt de Bondy.

« C'était, dit la chronique, un endroit sujet à d'infinis meurtres et brigandages qui avait alors un fort triste nom et sobriquet, savoir de *coupe-gueule*. »

Quoi qu'il en soit, ce fut le 10 juin 1256, au lieu dit *l'Oranger*, acquis par son chapelain Mathieu, des mains de Simon Duval Grimon, de Saint-Cloud, que saint Louis vint poser solennellement la première pierre de l'église abbatiale achevée trois ans plus tard. L'abbaye coûta 30.000 livres parisis. Quant aux religieuses, elles prirent le nom de *Sœurs mineures encloses de l'Humilité Notre-Dame*.

LECTURE. Vie édifiante et mort d'Isabelle de France. — Ce ne fut vraisemblablement qu'à partir de 1263 que la princesse Isabelle de France se retira à Longchamp, dans l'abbaye qu'elle avait fondée.

Elle y vécut, misérablement vêtue, passant son temps à réparer les vêtements des pauvres et les siens.

Elle préparait elle-même ses aliments et, en toute saison, allait puiser à la Seine l'eau nécessaire à son usage tant et si bien que ses mains fines et délicates se fendirent et se gercèrent.

Le 22 février 1269, sentant les approches de la mort, à l'exemple de sa mère Blanche de Castille, elle se fit mettre sur la paille et ayant appelé autour d'elle ses compagnes, leur fit de touchants adieux.

Son frère, le roi saint Louis, qui s'apprêtait à partir pour la Palestine, accourut aussitôt à Longchamp, dès qu'il fut prévenu du malheur qui le frappait.

Il assista aux funérailles et pendant toute la cérémonie se tint à la porte de l'église pour empêcher les importuns d'entrer : il prononça ensuite une allocution* pleine d'onction afin de consoler la communauté d'une perte aussi douloureuse.

Isabelle fut béatifiée* par le pape Léon X le 3 janvier 1521 et l'Église célèbre tous les ans sa fête le 30 août.

Libéralités faites aux religieuses. — Saint Louis donna à sa sœur 13 arpents de forêt pour le couvent et plusieurs étangs voisins, puis une bergerie avec une grange. En 1270, il donna aux religieuses trente arpents du Bois.

Il leur octroya en outre un droit de coupe et de chauffage dans les taillis.

En 1275, Philippe le Bel donna 20 arpents; en 1286, 8 autres.

En 1317, Philippe V le Long venait souvent à Longchamp voir sa fille Blanche qui avait pris le voile en 1313 : concéda au couvent un droit de coupe de 4 arpents puis en 1319 il fit dresser un procès-verbal d'arpentage et de prisée d'une partie de la forêt et donna en échange à l'abbaye une rente de 100 livres : une lettre de ce même roi établit que le monastère possédait en décembre 1320, 187 arpents* et un quart dans la forêt et dans la plaine. Philippe V constitua enfin, le 12 juillet 1231 aux religieuses une rente de 280 livres à prendre sur les revenus de la forêt.

Il mourut d'ailleurs à Longchamp le 4 janvier 1322 et sa fille Blanche lui survécut jusqu'en 1358.

Pillage du monastère. — En 1360, les Anglais pillèrent le monastère et force fut aux religieuses de se réfugier momentanément à Paris.

Longchamp aux XVIᵉ et XVIIᵉ siècles. — Par lettres patentes du 26 juin 1548 le roi Henri II confirma les religieuses dans la jouissance de 217 arpents de forêt et de 12 arpents de coupe et de chauffage, de droits de pâturage et de pacage.

Henri IV leur racheta pour 400 livres tournois le droit de coupe dans la forêt.

Quand Louis XIV eut décidé en 1679, sous Colbert, la réformation des forêts royales, il retira à l'abbaye de Longchamp ses possessions territoriales dans le Bois de Boulogne et lui donna en compensation une rente annuelle de 24.000 livres.

Longchamp au XVIIIe siècle. — Le relâchement de la discipline

L'abbaye de Longchamp.

fit déserter l'abbaye par les personnes pieuses : ce que voyant, les religieuses imaginèrent de chanter les *Ténèbres** en musique les mercredi, jeudi et vendredi de la semaine sainte. En 1727, on alla écouter en foule Mlle Le Maure, chanteuse de l'Opéra, qui avait pris le voile. Pendant trois années, la Cour et la Ville assiégèrent la chapelle du couvent à telle enseigne que l'archevêque de Paris, Christophe de Beaumont, fit fermer le monastère au public.

Destruction de l'Abbaye. — La Révolution de 1789 mit fin aux destinées brillantes de la célèbre abbaye. Le 26 février 1790, un arrêté d'expulsion fut signifié aux religieuses. Elles résistèrent en déclarant *vouloir vivre et mourir* à Longchamp.

Mais le 17 septembre 1792, le comité de Sûreté générale faisait enlever les objets précieux et les ornements sacrés que contenait le monastère; le départ des religieuses s'effectua le 12 octobre de la même année.

Le 24 décembre, on mit en vente le monastère avec son église, nef élégante du quinzième siècle, son cloître, ses tours, ses parloirs, son infirmerie, son village, au prix de 75.000 livres. Mais on ne trouva pas d'acquéreur.

Pour les bâtiments servant à l'exploitation, ils avaient été vendus à Guillaume Jacques d'Orcy dès le 13 avril 1792.

En l'an III, les bâtiments composant l'abbaye proprement dite furent livrés aux démolisseurs.

La promenade de Longchamp. — La promenade de Longchamp subsista. Elle reprit sa vogue avec les incroyables* et les merveilleuses* de 1800 et sous la Restauration jusqu'en 1825.

En 1838, les lions* du jour, lord Seymour et les membres du Jockey-club y firent étalage de leur *dandysme*. Mais dès 1840, elle fut quelque peu délaissée.

L'hippodrome de Longchamp, créé en 1857 et la fondation du grand prix de Paris en 1861 ont ramené les Parisiens auprès du moulin dont on admire toujours la belle et solide construction.

Vestiges de l'abbaye. — Malgré l'ordre de démolition, le monastère et les bâtiments qui l'entouraient ne disparurent tout d'un coup. En 1843, au mois d'avril, il restait encore deux murs très épais, une portion du mur d'enceinte orientale, une vaste grange paraissant remonter au treizième siècle, un colombier*, une vieille tour de l'abbaye et le moulin.

En 1856, l'enclos et les dépendances de Longchamp furent réunis au Bois de Boulogne.

En 1857, la grange de l'abbaye dont Viollet-le-Duc donne le plan dans son *Dictionnaire raisonné de l'Architecture française*, fut démolie ainsi que les bâtiments de la ferme et ce qui restait du mur d'enceinte.

Le moulin fut réparé.

En 1858, le colombier ou pigeonnier, fut fâcheusement transformé en tour de défense. La maison qui se trouvait aux alentours fut conservée, qui servit de résidence d'été au conservateur du secteur Ouest, notre aimable confrère M. Forestier:

elle se trouvait à côté de l'ancienne maison du passeur et elle a disparu il y a deux ans environ.

La vieille tour de l'abbaye dont Duchesne nous donne la photographie dans son remarquable ouvrage sur l'*Abbaye royale de Longchamp*, existe toujours au fond du jardin du Château de Longchamp, en bordure de la route des Moulins.

Principales abbesses et religieuses de Longchamp. — Citons, parmi les abbesses de Longchamp, Marguerite Tremblay de Courcelles (1256), Agnès II de Harcourt (1263-1279), Jeanne Ier de Nevers (1289-1294), Jeanne V de Gueux (1313-1328), Maria Ier de Lions (1328-1337), Marguerite Gentien (1447-1467), Georgette Cœur (1547-1550), Maria IV Lotin (1560-1566), Charlotte-Caroline de la Chambre (1566-1578), Catherine-Marie Dorat (1676-1706), Anne IV de Tourmont (1737-1740), etc. ; parmi les religieuses célèbres, Marguerite et Jeanne de Brabant, Marie de Beaujeu, Jeanne de Navarre, Blanche de France, Catherine de Méry, Madeleine de Bretagne, etc.

III. — Le Château de Madrid (1529-1792).

Origine. — Le château de Madrid, appelé aussi *Château du Bois de Boulogne*, est le plus ancien des châteaux situés sur l'ancien territoire de Neuilly.

François Ier avait régénéré le Bois en l'enfermant de murs, en y faisant faire des plantations. Il fit mieux encore, il l'exonéra d'anciennes redevances et enfin y éleva un magnifique palais, l'une des œuvres les plus splendides et les plus complètes de la Renaissance.

Etymologie. — On appela ce palais, *Madrid*, pour plusieurs raisons. La plus vraisemblable est que ce surnom lui est provenu de l'ornementation émaillée qui le revêtait et qui était, à cette époque, d'un usage courant en Espagne.

Description. — La forme du château de Madrid était un carré long : deux pavillons ayant dans le milieu de leurs faces deux tours rondes surmontées d'un campanile *, formaient des avant-corps terminés à leurs angles par d'autres petits pavillons de même figure.

Autour du rez-de-chaussée et du premier étage régnait une

galerie soutenue par des colonnes accouplées : de là on voyait au loin la campagne environnante.

La légende nous assure que ce château avait autant de fenêtres que de jours dans l'année.

Le revêtement intérieur était en terre cuite vernissée, d'où le nom de *Château de faïence* que lui donna le peuple.

Cette imposante masse de pierres était entourée d'un fossé sur lequel aboutissaient de vastes offices construits sur voûtes qui servaient de caves.

Construction. — Par lettres patentes des 28 juillet et 1er août 1528, François Ier désigna le personnel qui devait s'occuper de

Vraie et Parfaicte du Chasteau de Madrid basty par François premier à l'imitation de celuy de Madrid en Espagne. Ce Chasteau, percé d'autant de fenestres qu'il y a de jours en l'an.

construire le château. L'édifice fut commencé en 1529 par Pierre Gadier, maçon, et Girolamo della Robbia, sculpteur ornemaniste.

En 1532, Pierre Gadier mourut et fut remplacé dans ses fonctions par François Gratien. Après la mort de François Ier, Philibert Delorme prit la direction des travaux du château de Madrid.

En 1559, le Primatice succéda à Philibert Delorme et rappela della Robbia ; la construction fut terminée entre 1568 et 1570.

LECTURE. François Ier au château de Madrid. — Le délicieux tableau de Théobald Chartran qui est le clou de notre salle des fêtes de l'Hôtel de Ville évoque la silhouette du roi-chevalier, François Ier, se livrant aux plaisirs de la chasse après avoir quitté le palais grandiose qui fut son séjour de prédilection.

Il y accueillait toutes les illustrations de la science, de l'art, de la poésie et de la beauté.

Contre l'usage de ses prédécesseurs, il recevait les dames à sa cour.

« Une cour sans femmes, disait-il galamment, est une année sans printemps et un printemps sans roses. »

Le rez-de-chaussée du château à peine terminé, François Ier se retira à Madrid à de fréquentes reprises et pendant plusieurs jours consécutifs. On le vit préférer à toute autre la compagnie d'Anne de Pisseleu qui avait sur lui beaucoup d'influence, à la fois par sa

François Ier à Madrid.

beauté et par son esprit. Vêtue de robes de drap d'or frisé, fourré d'hermine, avec cotte de toile d'or incarnat semée de pierreries, elle révolutionna par ses toilettes l'entourage de la reine et du roi.

François Ier trouvait dans les actes de sa vie, dans les plaisirs, jeux, chasses, lettres ou arts le loisir de venir se retirer dans son « château de faïence » sans vouloir voir âme qui vive.

Pour se venger, on prétend que les courtisans disaient que le prince ainsi confiné à Madrid était aussi invisible que dans sa prison d'Espagne.

Le roi est à Madrid, disaient-ils ironiquement.

Cependant, malgré les joyeuses fêtes où les rires perlés des femmes alternaient avec les mots hardis des bouffons, le roi-chevalier, dans son palais inachevé, entre les quelques murs nus, eut l'idée de faire de la France alors uniquement guerrière, une France instruite et éclairée, appelée à devenir le cerveau du monde.

L'idée qui présida à la création du collège des trois langues, le *Collège de France*, mûrit au château de Madrid. Elle fut réalisée par Guillaume Budé avec la protection de François Ier. C'est de ce collège que devaient partir les graves et savants travaux qui ont fait de notre pays la nation la mieux avertie au point de vue intellectuel.

Ce geste de François Ier rachète à nos yeux ses fautes politiques et ses erreurs morales.

Les successeurs de François Ier. — Le roi François Ier mourut sans avoir vu terminer le château.

Sous le règne d'Henri II, l'intérieur fut décoré avec un luxe inouï.

Madrid, grâce à ce roi, eut deux pavillons supplémentaires.

François II et Charles IX y résidèrent aussi et y firent des embellissements ; l'humeur mélancolique de Charles IX lui fit aimer cette retraite somptueuse.

Il y composa un poème didactique, la *Chasse royale*, et y établit des ateliers de charronage et d'armurerie.

Ce prince ne dédaignait pas de courtiser les Muses. On connaît de lui les beaux vers qu'il dédiait à Ronsard.

> L'art de faire des vers, dût-on s'en indigner,
> Doit être à plus haut prix que celui de régner.
> Tous deux également nous portons des couronnes
> Mais roi je les reçois : poète, tu les donnes.

Henri III installa à Madrid une ménagerie et une arène où des dogues combattaient des lions. Quant à Henri IV, malgré l'opposition de Sully, il avait confié au Milanais Balbani, le soin d'y créer un établissement pour l'élevage de vers à soie *magnanerie*.

Madrid au XVIIe siècle. — En 1605, le château devint la demeure de la reine Marguerite de Valois, plus connue sous le nom de la *reine Margot*. Une allée du Bois porte encore le nom d'avenue de la Reine Marguerite.

Elle avait recueilli Madrid en héritage et Henri IV, son ancien époux, supprima, sur sa demande, la *magnanerie** de *Balbani*.

La reine séjourna à Madrid pendant plusieurs années : elle avait choisi pour aumônier, *saint Vincent de Paul*, curé de Clichy. Quand elle mourut, le château fit retour à la couronne.

Louis XIII ne vint que rarement à Madrid : une épidémie qui désolait Saint-Germain en 1636, le força à quitter cette résidence royale pour se retirer momentanément au Bois de Boulogne.

En 1648, Madrid reçut un détachement de 60 hommes avec deux pièces d'artillerie. Voici à quelle occasion : Anne d'Autriche, régente du royaume, y avait fait incarcérer, pendant une semaine, trois conseillers au Parlement de Paris, parmi lesquels le célèbre Broussel.

Louis XIV préféra toujours Saint-Germain à Madrid et s'il resta quelques jours dans ce château, ce ne fut qu'au début de son règne pendant la Fronde, au moment de la lutte entre Condé et Turenne.

A dater de 1652, Madrid n'eut plus d'histoire politique.

Le château déserté par les rois de France, qui tous habitèrent Versailles, servit alors de logement perpétuel à des dignitaires ou à des personnages illustres par leurs mérites ou leurs services.

En 1656. une partie du château fut affectée à une fabrique de bas de soie dirigée par *Claude Hindret* qui avait rapporté d'Angleterre un modèle de métier. Fleuriau d'Armenonville reprit cette idée et la fit prospérer.

La fabrique de bas de soie possédait 79 ouvriers en 1679.

Madrid au XVIIIᵉ siècle. — Le *Bulletin de la Commission historique de Neuilly*, dans son fascicule de 1907, publie les lettres patentes de 1724 relatives à la fondation d'une chapelle royale au château de Madrid sous l'invocation de saint Louis. Cette chapelle existait déjà depuis la construction du château mais elle n'était pourvue d'aucun revenu et la messe n'y était célébrée que les dimanches et fêtes. A partir des lettres de 1724, cette chapelle devint chapelle royale et elle bénéficia d'une dotation.

D'autre part nous voyons sur les registres paroissiaux de Villiers que Madrid avait eu, pendant le siècle précédent, un concierge-gouverneur : cette charge appartint à la famille Ricart, ainsi que nous l'apprend un acte du 31 juillet 1636.

Il nous faut maintenant citer parmi les hôtes de marque dont le luxe, le train princier et la suite considérable furent très profitables au petit village de Neuilly, le comte de Saint-Maur, le duc de Béthune, le prince de Marcillac et surtout

Fleuriau d'Armenonville qui y résida de 1704 à 1728. Après lui, ce furent le maréchal d'Estrées, Mlle de Charolais, Mlle de Clermont, le prince de Conti et le ministre Maurepas.

En 1717, Madrid reçut la visite du tzar Pierre le Grand.

Les derniers habitants du château furent Le Peletier de Rosambo, président du Parlement de Paris, et Dufour, le doyen des maîtres d'hôtel.

Vente et destruction. — Le 9 août 1787, une ordonnance de Louis XVI ordonna la vente des châteaux de la Muette, Madrid, Vincennes et Blois.

Le 1ᵉʳ octobre 1790, il y eut, à ce propos, conflit entre la municipalité de Neuilly et celle de Boulogne, qui prétendait revendiquer la possession du territoire de Madrid : pour défendre ses droits menacés, Neuilly produisit les lettres patentes de 1724 dont nous avons parlé plus haut et où les titres paroissiaux de Villiers-Neuilly étaient bien spécifiés.

Le 27 mars 1792, eut lieu l'adjudication définitive de Madrid moyennant 271.300 livres à Nicolas Jean Le Roi, qui démolit le château, vendit les matériaux et convertit les émaux, les célèbres *azulejos* de della Robbia, en ciment ; Le Roi n'ayant pas rempli ses engagements, l'Etat revendit le domaine en cinq lots.

Borne, traiteur, se rendit acquéreur d'une partie des communs qui se trouvaient encore du côté de l'Orangerie. Il fit aménager un restaurant qui fut très en vogue sous le second Empire.

De l'ancien château de Madrid, il ne reste rien, rien que le chêne de François Iᵉʳ qui, s'il faut en croire la tradition, fut planté par le roi lui-même.

Médaillons de Madrid au Musée de Cluny. — Le Musée de Cluny possède neuf grands médaillons de Pierre Courtois, émailleur de Limoges, qui proviendraient, d'après les dires de Lenoir, du château de Madrid. Mais rien n'est moins certain cependant et il faut accueillir cette attribution avec toute la prudence nécessaire en pareil cas.

CHAPITRE II

LES FOLIES DU XVIIIe SIÈCLE

BAGATELLE ET SAINT-JAMES

Bagatelle.

Origine. — Le premier occupant de la maisonnette nommée Bagatelle qui précéda la « Folie d'Artois », fut Bellanger, conseiller à la Cour des aides.

Ce magistrat en eut la jouissance par brevet en 1716; après lui le maréchal duc d'Estrées l'offrit en 1720 à sa femme : la reconstruction lui avait coûté 100.000 livres.

Saint-Simon parle dans ses *Mémoires* de Mlle de la Chausseraye qui mourut en 1733 à l'âge de 69 ans dans une dépendance du château de Madrid qu'elle tenait de la bonté du Roi.

D'autre part, Barbier, dans son *Journal*, dit que Mlle de Charolais acquit de M. de Pezé, gouverneur et capitaine de Madrid et du Bois de Boulogne une maison dans les dépendances du château de Madrid.

Il est vraisemblable que Bagatelle et le petit Madrid ont dû constituer deux enclos contigus et distincts, quoique dépendant tous deux de la capitainerie du Bois de Boulogne, et il est certain que Mlle de Charolais après avoir abandonné Madrid s'installa à Bagatelle.

D'autre part nous savons que depuis 1720 la maréchale d'Estrées habitait près de son amie, Mlle de Charolais.

La première fête de Bagatelle fut donnée le 12 août 1721 en l'honneur du Régent et de Mme d'Averne.

Bagatelle de 1745 à 1775. — Après la mort de la maréchale d'Estrées. Bagatelle devint la propriété de Levesque de Gravelle, avocat général à la Cour des aides.

Puis en 1747, la marquise de Monconseil l'occupa : elle y reçut la cour et la ville.

Le 3 septembre 1757, elle y donna une grande fête rehaussée par la présence du roi de Pologne Stanislas Leczinski. On créa même, à ce moment-là, un ordre de chevalerie spécial, l'ordre de Bagatelle.

Cependant Bagatelle tombait en ruines et Mme de Monconseil adressa à ce sujet d'inutiles réclamations à la Direction des Bâtiments du Roi.

Elle n'obtint pas satisfaction et fut obligée de dépenser 3.790 livres pour parer aux réparations les plus urgentes.

En 1770, Bagatelle passa aux mains du prince de Chimay, capitaine des chasses du comte d'Artois.

LECTURE. Histoire de la construction de la « Folie d'Artois ». — Le frère de Louis XVI, le comte d'Artois, avait acheté, le 1ᵉʳ novembre 1775, au prince de Chimay le petit château de Bagatelle, moyennant 36.000 livres.

L'acte de vente fut passé devant M. Le Got, notaire à Auteuil.

Ce fut à la suite d'un pari de 100.000 francs avec sa belle-sœur, la reine Marie-Antoinette, que le comte d'Artois fit bâtir la Folie d'Artois en 64 jours par l'architecte Bellanger.

L'on peut donc dire que l'histoire de cette « folie* » commence vraiment à partir du 19 novembre 1777.

Par un hasard miraculeux le petit château, bibelot charmant qui nous reste du dix-huitième siècle, a échappé aux mains brutales des vandales de la Terreur et aux inventions malencontreuses des « retapeurs » modernes.

Il ne sera pas inutile de donner ensuite quelques détails sur la manière dont fut construit le pavillon qui existe toujours, face au Champ d'entraînement.

Une lettre de Mercy d'Argenteau, ambassadeur d'Autriche, à l'impératrice Marie-Thérèse, nous en fait le récit en ces termes :

« Peu de jours avant le départ de Fontainebleau, M. le comte d'Artois imagina de faire arranger une petite maison qu'il a dans le Bois de Boulogne et que l'on nomme Bagatelle et de faire rebâtir de fond en comble, arranger et meubler cette maison sur des plans nouveaux pour y donner une fête à la Reine quand la cour quittera Choisy pour rentrer à Versailles. Il parut d'abord absurde à tout le monde de vouloir tenter et achever une pareille entreprise en six ou sept semaines. C'est cependant ce qui a été exécuté au moyen de neuf cents ouvriers de tous genres qui ont été employés jour et nuit à ce travail. La circonstance la plus inouïe est que comme les matériaux manquaient surtout en pierre de taille, en chaux et en plâtre et que l'on ne voulait pas perdre de temps à les chercher, M. le comte d'Artois donna l'ordre que des patrouilles du régiment des gardes-suisses (qui occupaient alors la caserne de Courbevoie) allassent à la découverte sur les grands chemins pour y saisir toutes les voitures qu'elles rencontreraient chargées de pareils matériaux susdits. On payait sur-le-champ la valeur de ces matériaux : mais comme cette denrée se trouvait déjà vendue, il résultait de cette méthode une sorte de violence qui a révolté le public. »

Les jardins de Bagatelle furent dessinés dans le même temps par Thomas Blaikie. Le total des dépenses monta à 1.200.000 livres ce qui représente aujourd'hui à peu près 3 millions, mais le comte d'Artois avait gagné à Marie-Antoinette les 100.000 francs du pari.

Le 23 mai 1780 eut lieu la fête d'inauguration.

Bagatelle pendant la Révolution. — Le nom de « Folie d'Artois » ne subsista pas longtemps. La première dénomination de Bagatelle fut rendue au petit château dès les premiers jours de la tourmente révolutionnaire.

En 1792 Bagatelle fut dévasté. On brisa le nez des statues, on foula aux pieds les marbres, et les chevaux de la Légion du Midi broutèrent l'herbe des jardins anglais ; 60 volontaires devaient loger dans une partie des bâtiments (arrêté du Directoire du 12 octobre 1792).

La Révolution fit donc rentrer Bagatelle dans le domaine national : le 7 mai 1794, la Convention, sur le rapport de Couthon, comprit Bagatelle parmi les maisons et jardins nationaux « devant servir de réjouissance au peuple et utiles à l'agriculture et aux arts ».

L'horloge de Bagatelle fut achetée 625 livres, dans les premiers jours de novembre 1793. Elle orna désormais le fronton de l'église Saint-Jean-Baptiste.

Le 26 mai 1797, le domaine fut adjugé au prix de 210.150 fr. au citoyen Lhéritier, traiteur, qui y fonda un restaurant et y donna des fêtes champêtres.

Bagatelle au XIXᵉ siècle et jusqu'à nos jours. — En 1806, Napoléon Iᵉʳ fit acheter Bagatelle au nom de l'État : en 1811, il en fit un pavillon de chasse et le parc servit de promenade au petit roi de Rome. Au lendemain de 1815, Bagatelle rentra dans le domaine de la Couronne et redevint propriété du comte d'Artois qui en donna la jouissance au duc de Berry. Ce dernier en fit un rendez-vous de chasse.

Une loi du 2 mars 1832 modifia la composition de la liste civile et en détacha Bagatelle.

Le 15 juillet 1834, Bagatelle fut donné à bail à M. Testu qui y fonda un cercle.

Le 6 octobre 1835, l'administration des Domaines céda la propriété moyennant 313.109 francs au marquis d'Hertford

Le château de Bagatelle (état actuel).

qui fit faire des embellissements par l'architecte de Sanges. Ce dernier construisit notamment en 1860 un bâtiment nouveau de la Pompe à feu qui élevait l'eau de la Seine au grand rocher de Bagatelle. C'est chez le vieux marquis en 1870 que l'Impératrice apprit de la bouche de l'Empereur Napoléon III la nouvelle de déclaration de guerre à la Prusse (Extrait d'une lettre de M. de Keroy à M. de Cambis).

A la mort du marquis, sir Richard Wallace hérita de Bagatelle. Il se résolut en 1872 à supprimer l'élégant *bâtiment des pages* pour édifier le *Trianon* actuel.

En 1890, sir Richard Wallace disparaît et sa veuve lui succède. Elle nomme sir Murray Scott son légataire universel qui cède Bagatelle à la ville de Paris, le 9 janvier 1905, moyennant 6.500.000 francs après avoir vendu aux enchères les ornements du parc.

Saint-James.

Étymologie. — Une terre portant ce nom en Anjou appartenait à Baudard de Vaudésir qui en avait hérité de son père. Quand il fit bâtir sa « folie », Baudard prit le titre de baron de Saint-James. Ce nom est resté attaché au quartier qui environne la « Folie Saint-James » encore existante au 16, avenue de Madrid. [Le quartier fut d'ailleurs loti au moment où la famille Lacan était propriétaire du domaine (1819-1833)].

Origine. — On attribue au cardinal de Retz le mérite d'avoir fait bâtir en 1665 près de la Seine, au lieu dit *la Chambre*, une propriété qui lui servit de retraite. Il y acheva, dans le silence et la prière, une vie mouvementée.

Après lui Lenormand de Tournehem, oncle de la marquise de Pompadour, vint occuper le domaine qu'il vendit en 1714 à Jean-Baptiste de Vougny qui y résida jusqu'en 1750.

Ensuite la propriété appartint jusqu'en 1772 à Fillion de Villemur, ancien receveur des finances de la généralité de Paris.

La « Folie » de M. de Saint-James. — M. de Saint-James ou encore Baudard de Vaudésir fut surnommé *l'homme au rocher*, à cause du fameux rocher qu'il fit établir dans l'immense parc qui entourait sa demeure.

Ce rocher coûta, dit-on, 1.600.000 livres.

Il existe toujours au 16, avenue de Madrid, dans le parc qui entoure le château également existant. Baudard fit édifier sa « folie» par Bellanger, l'architecte du comte d'Artois, celui-là même qui avait construit Bagatelle en soixante-quatre jours.

Le baron de Saint-James était à cette époque (1778) trésorier général de la marine sous le ministre Sartines dont il amena la chute par ses prodigalités clandestines. Baudard avait fait agrandir le domaine de *la Chambre*, tracer un parc merveilleux, creuser des rivières artificielles et installer une pompe à feu sur les bords de la Seine pour alimenter les rivières et le réservoir d'eau.

La *légende* dit que, compromis dans l'affaire du Collier à laquelle Baudard se mêla stupidement, notre châtelain fut envoyé à la Bastille et que sa banqueroute fut ensuite déclarée, s'élevant au chiffre énorme de vingt-cinq millions. La vérité est tout autre : il est établi aujourd'hui que le 1er février 1787, M. de Saint-James demanda un sauf-conduit pour la Bastille

La Folie Saint-James, 16, avenue de Madrid (état actuel).

et la nomination d'une Commission chargée de vérifier sa comptabilité. Il est vrai que ses créanciers profitèrent de son incarcération pour tout faire vendre chez lui.

Quand la Révolution fut terminée, la famille de Baudard demanda la clôture de l'enquête : celle-ci constata un *boni* de vingt millions qui fut acquis au Trésor en vertu de la prescription trentenaire.

Les descendants du châtelain de Saint-James ont donc ainsi obtenu sa réhabilitation mais n'ont pu toucher un sou de son héritage.

Les successeurs de Baudard. — Le 12 juin 1787, la Folie Saint-James passa aux mains du duc de Choiseul-Praslin qui ne fut pas assassiné comme l'a prétendu l'abbé Bellanger, mais qui mourut de sa belle mort en 1795. Sa veuve vendit le domaine le 15 novembre 1795 à Bobierre, moyennant onze millions... en assignats.

Bobierre céda dix ans plus tard la Folie Saint-James à Bazin pour le prix de 100.000 francs.

Puis ce fut Lucien Bonaparte, le frère de Napoléon Ier, qui vint résider à Saint-James.

Le financier Hainguerlot loua, en 1808, à Mme Junot, duchesse d'Abrantès, femme du gouverneur de Paris, qui y donna des fêtes très brillantes, la jolie « maison de campagne » du financier Baudard.

LECTURE. Mme d'Abrantès à Saint-James. — Depuis son départ de Neuilly la duchesse d'Abrantès ne passait jamais devant la Folie Saint-James sans éprouver un sentiment de tristesse amère. Voici ce qu'elle dit dans ses *Mémoires* en parlant des heureux jours qu'elle mena dans ce petit château :

« Qu'elle est puissante la magie des lieux rappelant un souvenir chéri ! Qu'il est profond celui que j'attache à ces belles rives de la Seine, à ces ombrages fleuris du parc Saint-James. Et cette serre ? ces plantes embaumées, donnant un parfum des contrées lointaines, nous révélant un monde inconnu ! oh ! tout cela était bien beau ! tout cela avait un charme bien doux ! La maison n'était qu'un grand pavillon, mais il contenait ce qui m'était nécessaire à cette distance de Paris. Un très beau salon et une grande salle à manger avec un premier salon servant de salon de musique. De l'autre côté du salon était une charmante chambre à coucher, un petit salon de travail, une salle de bain et mon cabinet de toilette.

Cet appartement donnait sur un jardin de fleurs, uniquement à moi seule, et fermé du côté du jardin, par un treillage à la manière suisse et de l'autre par un canal bordé d'une allée de tilleuls conduisant à la porte de mon cabinet de travail jusqu'à une grotte qui donne sur la rivière, un peu au-dessous du laminoir qui était au bas du pont. La serre chaude, l'une des plus belles des environs de Paris, après celle de la Malmaison, avait à cette époque trois cents pieds d'ananas, ce qui en assurait cent par an à la maison, et renfermait une quantité de plantes exotiques et indigènes de la première beauté.

Le perron du pavillon était formé par deux escaliers de douze marches sur lesquelles les jardiniers avaient soin de placer des vases étrusques remplis des plus belles plantes, fleurs, élèves de la serre. Je me rappelle qu'un jour on mit sur le perron, plus de quarante magnolias, daturas ou orangers Pompoleimea — c'est un oranger dont la fleur est énorme et d'un parfum admirable.

Le même jour mon jardin de fleurs, par lequel on n'entrait que par mon appartement, était rempli de plus de deux mille pieds d'héliotropes, d'œillets, de jasmins, de roses des quatre saisons, de roses mousseuses et tout cela planté en corbeilles et entouré d'une épaisse bordure de réséda...

Ah ! c'était un lieu de délices qui donnait bien la preuve que les jardins d'Armide ont pu exister... Tout ce qui formait ombrage était acacia, ébénier, lilas ou catalpa, mais toujours arbres à fleurs... »

Saint-James au XIXe siècle. — Une tradition locale assure qu'après le départ de Lucien Bonaparte et de Pauline Borghèse qui seraient revenus habiter la « Folie » après Mme d'Abrantès, Wellington s'installa à Saint-James le 4 juillet 1815, disent les uns, le 6 affirment les autres, et y établit son quartier général.

Après son départ, une bande de chasseurs de Hanovre et de réguliers anglais saccagea la propriété.

On compte, au nombre des hôtes illustres de ce somptueux logis, Chateaubriand, le banquier Hope, Mme Récamier et Thiers alors ministre de Louis-Philippe.

Après avoir appartenu de 1812 à 1819 à la famille Cleff, le château passa entre les mains de la famille Lacan.

Benazet, un ancien fermier des jeux de Paris, en devint propriétaire en 1833 et le revendit en 1851 au docteur Pinel qui en était locataire depuis 1845.

Après la mort de Pinel survenue en 1866, la « Folie Saint-James » qui était devenue une maison de santé, fut dirigée par le docteur Semelaigne, son gendre. Son fils, le docteur René Semelaigne, en est encore aujourd'hui propriétaire.

CHAPITRE III

L'ÉGLISE SAINT-MARTIN DE VILLIERS

Origine. — Placée sous l'invocation de *Saint Martin*, évêque de Tours, il y a lieu de croire que cette petite église était un démembrement de la paroisse de Clichy qui elle-même dépendait de la célèbre et puissante abbaye de Saint-Denis.

On ignore encore aujourd'hui l'époque exacte où elle fut construite.

On sait seulement, d'après l'abbé Lebœuf, l'historien précieux du Diocèse de Paris, qu'elle existait en 1217.

Importance et étendue de la paroisse de Villiers. — M. Circaud, dans une étude très attachante sur l'église Saint-Martin de Villiers, nous apprend que cette paroisse s'étendait assez loin. Elle comprenait les villages de la Ville-l'Évêque, du Roule, de Chaillot et de Monceaux.

Elle percevait des rentes *obituaires** dans tous ces hameaux : les registres de la Fabrique de Villiers qui sont aux archives de notre ville, nous en donnent la preuve.

Le Roule faisait donc partie intégrante de la paroisse de Villiers. Quand il fut question de bâtir une chapelle près de la *léproserie* ou *maladrerie** du Roule, Pierre de Nemours, évêque de Paris, stipula dans ses lettres de 1217 que ce serait « sauf le droit paroissial du curé de Saint-Martin de Villiers ».

La rente représentant le prix de ce droit paroissial se montait annuellement à quarante livres : dans la déclaration des revenus de la paroisse de Villiers faite à la municipalité de Neuilly par le curé Vielle, le 14 février 1790, nous voyons que la Fabrique du Roule acquitta ce droit jusqu'à la Révolution (indemnité du démembrement du Roule d'avec Villiers).

Emplacement et description de l'église Saint-Martin de Villiers. — L'église de Villiers était située sur la limite actuelle de Neuilly et de Levallois-Perret, exactement aux angles des rues Gide et de Villiers.

Le presbytère occupait l'emplacement du bureau d'octroi de Levallois-Perret : une partie de ce presbytère existe encore et M. Ernest Maindron, dans une curieuse étude sur Le Pelletier de Saint-Fargeau, a établi que ce fut dans cette maison que mourut ce frère du conventionnel, assassiné le 20 janvier 1793 par le garde du corps Paris pour avoir voté la mort de Louis XVI.

Deux documents qui se trouvent aux archives de notre ville nous donnent quelques renseignements sur l'église de Villiers.

Le premier est un plan de l'église et du cimetière qui l'entourait à la date du 23 juin 1714.

Le cimetière, de forme irrégulière, était clos de murs : on y accédait par quatre ouvertures pourvues de quatre marches.

L'église était située dans la partie la plus large du terrain du cimetière et presque *parallèlement* au chemin de Villiers à Paris (rue de Villiers actuelle).

Elle était composée d'une nef précédée d'un porche, d'un transept*, et d'une abside* pentagonale* qui semblait être tournée vers le sud-ouest.

L'édifice était fort simple et assez bas : on le restaura vers 1549 en le soutenant par une tour neuve : cette tour dont parle l'abbé Lebœuf (*Histoire du diocèse de Paris*) était placée à droite de l'entrée principale.

Notons en passant que sur le plan en question, du côté opposé du chemin de Villiers à Paris est indiquée la cour de la maison de M. Moreau qui n'est autre que l'ancien *château de Villiers.*

Le second document est le registre des comptes de la Fabrique de Villiers où se trouve mentionné l'état des réparations faites dans l'église Saint-Martin de 1711 à 1733 et les dons qui furent faits à la paroisse entre ces deux dates.

Objets remarquables qui figuraient dans l'église. — En l'année 1715 on construisit à neuf le grand autel et une somme de 200 livres fut payée pour le tableau qui devait l'orner. Cette toile qui représentait les *Disciples d'Emmaüs* n'est autre que celle qui orne maintenant l'église Saint-Jean-Baptiste. M. Circaud assure que les statues d'anges en bois doré qui se trouvent dans la sacristie de l'église Saint-Pierre proviennent également de Villiers.

Il ajoute que les statues et le tableau des *Disciples d'Emmaüs* furent remisés par Murat dans les greniers du château de Neuilly quand il fit l'acquisition de l'église de Villiers, au moment de sa démolition.

Ces objets d'art, retrouvés par Mademoiselle d'Orléans, furent offerts par elle en 1831, à l'église Saint-Jean-Baptiste.

La boiserie du maître autel et le tableau provenaient d'un don de 800 livres fait en 1715 par Maximilien II, électeur de Bavière. Ce seigneur logeait à cette époque chez Pierre Moreau, châtelain de Villiers et trésorier des Invalides. Les fonts baptismaux en pierre (fin XV° siècle) provenant de l'église St-Martin de Villiers, se trouvent également dans l'église Saint-Jean-Baptiste ; un arrêté ministériel du 4 octobre 1904 les a classés parmi les monuments historiques.

L'église de Villiers au XVIII° siècle. Sa destruction. — L'église Saint-Martin de Villiers-la-Garenne fut encore restaurée en 1733. Le registre des comptes de la Fabrique en fait foi : cette année-là on refit le clocher, on y ajouta un beffroi surmonté d'une flèche, le tout pour le prix de dix-sept cents livres.

L'église fut vendue en 1795 comme *bien national* moyennant la somme de 23.000 livres et elle fut rasée en 1797.

Murat racheta le 15 juin 1800 le domaine de Villiers. Il est question dans le contrat, de la « ci-devant église du dit Villiers-la-Garenne ».

CHAPITRE IV

LES TROIS ÉGLISES SAINT-JEAN-BAPTISTE DE NEUILLY

La Chapelle du Pont de Neuilly (1540-1778).

Origine. — Au seizième siècle, le village de Port-de-Neuilly étant trop éloigné de l'église Saint-Martin de Villiers-la-Garenne, il devint indispensable de construire dans le village même une chapelle de secours.

Cette première chapelle fut ouverte vers 1540 aux frais de Jean-Baptiste de Chantemerle, gentilhomme champenois, sous le vocable* de Saint-Jean-Baptiste : elle était desservie par un vicaire de Villiers, qui fut l'église paroissiale jusqu'en 1795.

Elle ne possédait ni tabernacle, ni fonts baptismaux, nous dit l'abbé Lebœuf.

Description. — Cette chapelle avait 20 mètres de profondeur sur 6 de largeur.

D'après le plan de 1657 conservé aux Archives nationales, elle était située sur la berge du petit bras de la Seine aujourd'hui comblé, qui, après être passé au pied des murs de Bagatelle, suivait les rues de Longchamp et Ybry, sur un carrefour dit *de la Chapelle,* c'est-à-dire au coin de la rue Soyer et de la rue Ybry actuelles.

La chapelle du Pont de Neuilly était un écart de Villiers. — Cette chapelle dépendait de Saint-Martin de Villiers. C'est pourquoi des prêtres étrangers essayèrent de prendre le titre de « chapelain de Port-Neuilly ».

Le curé de Villiers dut entamer des procès contre ces intrus.

Le 29 octobre 1715, un arrêt du Grand Conseil, transcrit en tête du registre de la fabrique de Villiers, donna raison au curé de Neuilly — l'abbé Hervé Pinel — contre René Dubois, prêtre du diocèse d'Angers, qui avait pris la qualité de « chapelain de Port-Neuilly ».

La chapelle devint bientôt trop petite pour contenir à la fois les paroissiens de Neuilly et ceux de Villiers qui volontiers désertaient Saint-Martin.

Nous lisons, en effet, qu'en 1748 il ne se trouvait plus à Villiers qu'un *feu**, *trois maisons bourgeoises* et *quelques bergeries !*

C'est pourquoi dès 1739, le curé et les habitants de Neuilly (depuis 1700 on ne disait plus Port-de-Neuilly) obtinrent des dames de Saint-Cyr, qui avaient hérité depuis 1686 des droits des abbés de Saint-Denis, l'autorisation de construire le *Bâtiment des Écoles.*

En 1747 la chapelle ainsi agrandie put contenir 350 personnes.

Le Bâtiment des Écoles fut ainsi appelé parce que son premier étage servit d'école aux enfants des deux sexes, le rez-de-chaussée servant de porche aux fidèles.

Démolition de la chapelle. — Cependant en 1750 la chapelle proprement dite avait été étayée; ses murs et poutres étaient retenus par des barres de fer.

Dès 1776, nous dit M. Mortreux, — l'ancien archiviste de la ville, — il devint dangereux d'y séjourner et les marguilliers durent songer à la construction d'une chapelle plus grande.

Le 16 août 1778 elle fut démolie et la vente des matériaux produisit 2.000 livres. Quant au Bâtiment des Écoles, une fois modifié, il s'appela désormais la *Maison du Vicaire.* Cette transformation coûta 500 livres à la Fabrique*.

La *Maison du Vicaire* fut vendue le 18 novembre 1796 à Collière qui le revendit à Dania. Les propriétaires successifs furent ensuite Ronsin, Mme Roulin, Petit, etc.

Cette maison a disparu depuis longtemps.

L'église de l'abbé Chauveau.
(1749-1798)

Origines. — Tout récemment, au moment où furent pratiquées les fouilles des terrains de la nouvelle *rue Chartran*, on a retrouvé des substructions qui par leur importance et la nature de leur mortier sembleraient indiquer que ce sont les fondations de la nouvelle église qu'avait commencée l'abbé Chauveau, curé de Villiers.

D'autre part l'ensaisinement* qui se trouve aux Archives sur le registre S. 2507 indique bien que cette église se trouvait le long de la route de Saint-Denis à Saint-Cloud (rue du Château actuelle) entre les débouchés des avenues du Roule et Sainte-Foy, mais plus près de l'avenue du Roule que de celle de Sainte-Foy.

L'abbé Chauveau avait été nommé à la cure de Villiers le 1er octobre 1742. Il acheta de ses deniers, en 1748, du sieur Paran, le terrain sur lequel son église devait s'élever.

Construction de l'église. — S'étant assuré le concours de Mme de Vougny, qui devait lui donner 12.000 livres par an, il songeait à transporter à Neuilly le titre curial de Villiers. La première pierre de l'église en question fut posée le 27 novembre 1749 par Cécile-Elisabeth Rozier que Mlle de Charolais avait déléguée pour la remplacer. Ce fut l'abbé Chauveau qui accomplit lui-même la cérémonie.

Le 26 mai 1750 la première pierre du chœur était posée par Gaspard Portelance, assisté de Claude Boucher, tous deux délégués par le chapitre de Saint-Honoré de Paris. L'architecte s'appelait Houlié. Une sépulture fut même faite le 26 mai 1751.

La mort de Mme de Vougny en cette même année vint priver l'abbé Chauveau d'une annuité importante.

Il fut obligé de s'adresser à M. l'intendant des Finances et de provoquer une assemblée générale de seigneurs, propriétaires et habitants.

Ce ne fut qu'avec de grandes difficultés que l'abbé Chauveau put obtenir des dons pour poursuivre la construction de son église.

Elle était loin d'être achevée quand il mourut le 18 mars 1761.

L'œuvre fut abandonnée et le chantier, désert jusqu'à la Révolution, fut loué à des blanchisseuses.

Le 16 octobre 1786 une dame Caze fit l'acquisition du terrain de l'église.

Ce terrain fut ensuite vendu à Nelson, à l'exception des piliers et constructions de l'église commencée, le 16 pluviôse an V (4 février 1797).

Nelson réclama contre cette restriction et obtint satisfaction le 18 thermidor de la même année.

Enfin le 15 fructidor an VI (2 août 1798), à une heure et demie, l'église inachevée et les matériaux furent vendus, par le directoire du district* de Franciade* à Louis Magnant, entrepreneur de Passy, moyennant la somme de 1.250 francs.

L'église Saint-Jean-Baptiste.
(1778-1913)

Origines. — En 1773 la chapelle privée de la Folie-Saint-James facilitait aux paroissiens de Neuilly qui ne voulaient pas aller jusqu'à Saint-Martin de Villiers l'assistance à la messe.

Mais Baudard de Vaudésir, baron de Saint-James, *l'homme au rocher*, ennuyé de tout le vacarme que causait cette foule, interdit un beau jour l'accès de son château aux habitants, et les paroissiens de Neuilly durent songer à construire une chapelle haute et vaste, car Villiers était trop loin et la petite chapelle du pont de Neuilly, dont nous avons parlé plus haut, était à la fois insuffisante et de plus tombait en ruines.

Le 15 mars 1778, eut lieu l'assemblée générale des habitants de la paroisse.

On décide de bâtir une chapelle. — En mai 1778, les lettres patentes du roi autorisent la vente du terrain de la chapelle du pont de Neuilly et l'achat du terrain Louis Sarran, maître doreur, acquisition qui fut réalisée le 28 octobre 1778.

Ce terrain est évidemment celui de l'église actuelle, mais il s'étendait de l'avenue de Neuilly à la rue des Poissonniers.

Comme ce terrain était revendiqué pour une part infime par

un certain Chapelain, il fut convenu que la Fabrique le reconnaissait comme propriétaire, à charge par lui de payer une rente viagère de 5o livres.

Le registre de la Fabrique nous apprend que Louis Sarran reçut pour prix du terrain vendu une rente viagère de 3oo livres.

Donataires particuliers. — Le syndic de la Fabrique, Delaizement, reçut de divers particuliers à titre de don pour l'église les sommes suivantes : de M. de Saint-James, 3oo livres, de Mgr le comte d'Artois, même somme ; de M. Radix de Sainte-Foix, 15o livres ; de Mgr le prince de Conti, 6oo livres, etc.

La totalité de ces souscriptions particulières s'éleva à 2.04o livres.

La chapelle Saint-Jean est livrée au culte. — La nouvelle chapelle fut livrée au culte en 178o.

La bénédiction solennelle de l'édifice fut donnée par M. Lucas, chanoine de l'église de Paris, le 1o novembre 178o.

Elle avait coûté, nous dit M. Mortreux, plus de 27.0oo fr.

Saint-Jean-Baptiste sous la Révolution. — Le 7 février 1790, eut lieu dans la chapelle Saint-Jean l'assemblée générale des habitants pour l'élection du corps municipal : la réunion fut présidée par le curé Vielle.

Le 14 du même mois, Vielle fit à la municipalité une déclaration sur les revenus de sa cure.

Le 7 mars suivant, eut lieu la cérémonie de la prestation de serment des habitants.

Le 14 juillet de la même année, on célébra la fête de la Fédération.

Puis le 25 octobre suivant, on exigea du curé qu'il fît à la municipalité remise des registres de l'état civil et on le menaça de poursuites judiciaires pour avoir célébré, le 2 décembre 1792, un mariage sans tenir compte de la loi sur l'état civil.

Ce fut le point de départ de persécutions religieuses ; l'esprit révolutionnaire brûlait bientôt les étapes en faisant vendre à la fin de 1792 les ornements, vases sacrés et objets servant au culte.

Bientôt la chapelle fut désaffectée, les autels enlevés, la croix et le coq remplacés par une girouette tricolore.

Le 19 novembre 1793, on força la main au curé Vielle pour

qu'il renonçât à ses fonctions, mais il ne survécut pas à cette déchéance et mourut le 14 décembre 1793, âgé seulement de 47 ans. L'abbé Gandolphe lui succéda.

Acquisition de l'horloge de Bagatelle. — Dans la première semaine de novembre 1793, la municipalité fit l'acquisition de l'horloge de Bagatelle et la fit placer sur le fronton de la chapelle Saint-Jean-Baptiste. Les créanciers du comte d'Artois avaient en effet décidé de vendre cette horloge, chef-d'œuvre de Lepaute.

La municipalité, grâce au produit de la vente des effets des gardes-suisses de Courbevoie réfugiés à Neuilly et massacrés le 10 août 1792 à Paris (prison de l'abbaye), put réunir la somme de 1.302 livres.

Elle employa cette somme à payer l'horloge qui coûta 625 livres : le transport et la repose atteignirent la somme coquette de 1.107 livres 18 sols.

Cependant les Jacobins au pouvoir toléraient de très mauvaise grâce l'exercice du culte catholique. Aussi n'eurent-ils rien de plus pressé, sitôt Saint-Jean-Baptiste désaffecté, que de faire clouer au fronton de l'édifice une banderolle portant ces mots : « Temple de la Raison ».

Par délibération en date du 25 mai 1794, la municipalité ordonna que cette bande de calicot serait remplacée par une autre avec la proclamation suivante : « Le peuple français reconnaît l'Être suprême et l'immortalité de l'âme. »

Enfin le 28 juin 1795, Saint-Jean-Baptiste fut ouverte au culte catholique, à l'instigation de quelques riches paroissiens. Elle devint paroisse, car l'église de Saint-Martin de Villiers-la-Garenne tombait en ruines.

Saint-Jean-Baptiste sous le premier Empire. — Au moment où l'on reprit l'exercice du culte, l'église était dans un état lamentable. Magnelin, qui fut curé de 1801 à 1807, rencontra un concours précieux dans Mme Rubats, femme de l'ancien fermier des chaises.

Magnelin fit appel au zèle des plus riches habitants : en 1805 le chœur de l'église fut agrandi et l'on fit mettre en place les stalles qui provenaient de l'ancien couvent des Ursulines d'Argenteuil.

Le premier conseil de fabrique institué en vertu d'un décret impérial du 30 décembre 1809 fut présidé par l'abbé Lapipe qui avait remplacé Magnelin depuis 1807.

Sous l'administration de Lapipe, le conseil provisoire de Saint-Jean-Baptiste fut dissous le 18 octobre 1810.

Saint-Jean-Baptiste sous la Restauration. — Le 23 juillet 1820, la duchesse d'Orléans, la future reine Amélie, fit don à Saint-Jean-Baptiste de la grande lampe du sanctuaire.

Lapipe en mourant avait légué à la fabrique 400 francs de rente pour le traitement du vicaire.

L'abbé Deleau qui lui succéda rendit de grands services aux paroissiens de Neuilly, en s'occupant de faire construire une église plus grande.

L'église provisoire. — L'abbé Delabordère, qui était maire de Neuilly, entretint souvent l'abbé Deleau de l'insuffisance de son église.

Il obtint enfin en 1827, du conseil municipal, la reconstruction de Saint-Jean-Baptiste.

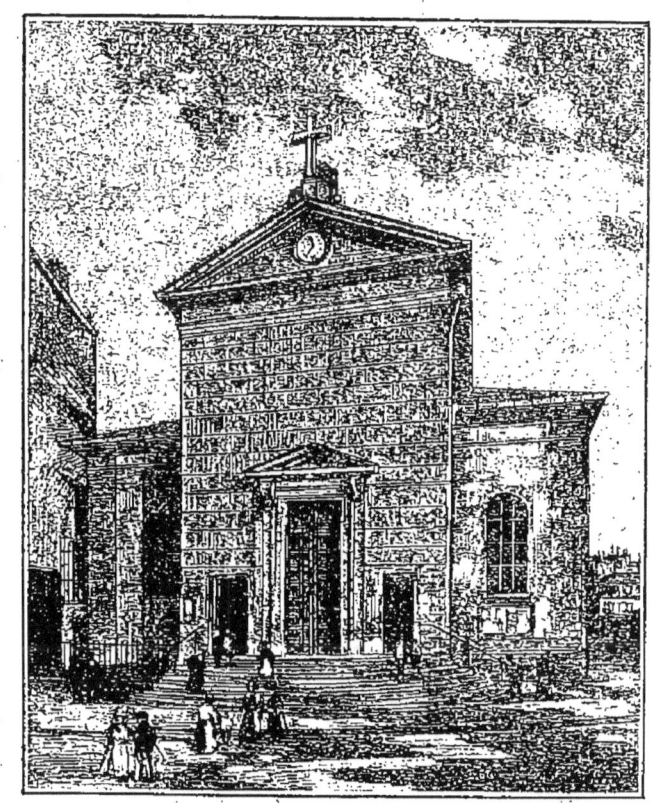

L'Église Saint-Jean-Baptiste de Neuilly.

Il fallait, pendant le temps que dureraient les travaux, s'assurer d'un local pour la célébration du culte.

A cet effet, l'abbé Delabordère, au nom de la commune, contracta un bail pour le prix annuel de 1.500 francs avec François Imbert, propriétaire, 18, rue du Mail, à Paris, et l'on installa une chapelle provisoire au lieu dit *la Poste*, sis Grande Route n° 11 (avenue de Neuilly), au coin de la rue des Graviers.

Dulud dit quelque part : *Elle avait plus l'aspect d'une grange que d'une église.*

La nouvelle église Saint-Jean-Baptiste (1827-1913). — Afin de réaliser l'agrandissement de Saint-Jean-Baptiste, la commune acheta un terrain à prendre dans la propriété de M. et de Mme Cléry, situé 5, rue des Poissonniers.

L'acte fut passé, les 1er et 2 juin 1827, chez M. Labie, notaire.

Les matériaux de démolition furent estimés à la somme de 8.555 francs.

La commune chargea M. Molinos de dresser les plans et devis de la nouvelle église.

L'édifice fut livré au culte le 8 mai 1831. Le roi Louis-Philippe fit don de 12.000 francs pour achever la décoration intérieure et l'ameublement de l'édifice.

En 1845, la commune fit construire un presbytère, 3, rue Garnier, et le 21 octobre 1854 la fabrique fit l'achat de deux cloches qui coûtèrent 4.500 francs.

Des raisons de santé obligèrent l'abbé Deleau à donner sa démission vers le commencement de 1855.

Ce fut l'abbé Roy qui le remplaça.

Il fit acheter le 21 octobre 1858 une très belle statue de saint Jean-Baptiste due au ciseau d'Adrien Fourdrin qui ne fut payée que 2.000 francs.

En 1858-1859, la Fabrique acheta un bel ornement en drap d'or qui coûta 10.500 francs et un chapier du prix de 3.132 francs.

En outre, des lustres de cristal étaient nécessaires : ils furent payés 6.241 francs.

Cependant des difficultés vinrent à surgir entre l'abbé Roy et l'autorité diocésaine.

L'archevêque nomma un autre curé, mais l'abbé Roy se cramponna et continua à résider au presbytère.

L'abbé Manoury, le nouveau curé, fit construire de 1862 à 1864, la sacristie des mariages et un passage pour y accéder. Cette dépense s'éleva pour la Fabrique à 7.821 francs.

Par suite du décès de l'abbé Manoury et bien que l'abbé Roy n'eût pas encore donné sa démission, on nomma comme administrateur de la Fabrique Saint-Jean, le premier vicaire, l'abbé Hennet.

En 1865, on construisit le maître-autel en marbre blanc, on

refit le dallage du chœur, on dépensa 4.000 francs pour les stalles, 8.000 francs pour le ravalement de l'église. On fit mettre des grilles pour séparer le chœur des chapelles latérales.

En 1868, la nef fut parquetée ainsi que les bas côtés. Enfin et surtout, en 1869, on modifia complètement le plafond de l'église et l'on construisit même une coupole au-dessus du chœur. Ces travaux très importants, conduits par l'architecte de la ville, Simonet, atteignirent le chiffre de 45.000 francs.

Saint-Jean-Baptiste de 1871 à nos jours. — Pendant la guerre de 1870 et la commune de 1871, l'église subit le bombardement et souffrit de l'incendie : elle était dans un état désastreux. Les réparations qui y furent faites coûtèrent 76.769 francs.

Le 28 octobre 1875, l'abbé Caron, archidiacre de Saint-Denis, procéda à la bénédiction de trois nouvelles cloches.

Le curé, l'abbé Hennet, étant mort cette même année, le cardinal Guibert obtint de l'abbé Roy sa démission, fit nommer l'abbé Normand qui resta curé de 1875 à 1890, et devint ensuite chanoine titulaire.

Au moment où le titre curial fut transféré à l'église Saint-Pierre, l'église Saint-Jean-Baptiste ne fut plus qu'une chapelle de secours, le 7 avril 1897.

Cependant l'abbé Bourgeat n'abandonnait pas l'ancienne paroisse.

Il dépensa 25.000 francs pour refaire la décoration intérieure, il remplaça la chaire et fit installer aux portes de nouveaux tambours.

Après la mort de l'abbé Bourgeat (23 février 1911) l'archevêque de Paris ne voulut pas différer davantage un projet qui lui tenait à cœur depuis longtemps. Désireux de donner satisfaction aux fidèles du bas de Neuilly, ainsi qu'aux paroissiens de Saint-James, il décida d'ériger à nouveau *en cure* l'ancienne paroisse Saint-Jean-Baptiste.

Cela fut réalisé le 1er mai 1911.

Il y eut donc désormais à Neuilly deux curés, celui de Saint-Jean et celui de Saint-Pierre.

Le curé de Saint-Jean-Baptiste s'appelle l'abbé Salomon.

CHAPITRE V

L'ÉGLISE SAINT-PIERRE

(1887-1913)

Premiers projets. — Par suite de l'accroissement de la population de Neuilly, l'église Saint-Jean-Baptiste était notoirement insuffisante.

Les habitants de Sablonville et du parc de Neuilly, trouvant l'église paroissiale trop éloignée, allaient entendre la messe dans des chapelles privées et se désintéressaient ainsi des destinées de leur paroisse.

Mgr Guibert pria l'abbé Normand qui était alors curé de Neuilly et le conseil de Fabrique d'étudier les moyens de construire une vaste église, au centre de la ville. Une commission fut nommée qui déposa un premier rapport le 25 janvier 1878 dans une séance du conseil.

Générosité de Mme Balsan. — Sur ces entrefaites, Mme Balsan offrit gratuitement un terrain de 2.200 mètres, situé au rond-point d'Inkermann sous la réserve que la maison qui s'y trouvait et dans laquelle son mari, M. Pierre Balsan, était décédé, serait comprise dans les limites de l'église projetée.

La superficie du terrain promis par Mme Balsan étant trop petite, la Fabrique obtint de Mme Balsan les 2.000 mètres supplémentaires qui étaient nécessaires, à raison de 25 francs le mètre.

La construction de Saint-Pierre est décidée. — Le 24 février 1878, le conseil de Fabrique décida la construction de Saint-Pierre.

L'approbation de la municipalité fut ensuite obtenue mais à la condition expresse que la Fabrique construirait l'église en question entièrement à ses risques et périls.

Après de nombreux pourparlers et de multiples démarches,

l'avis favorable fut donné par la ville et la préfecture de la Seine, et le 19 juin 1879, un décret du président de la République, signé Grévy, autorisait la Fabrique à accepter la donation Balsan et à acquérir le terrain supplémentaire.

La donatrice désigna ensuite son architecte, M. Dauvergne, pour la construction de Saint-Pierre. Avant d'accepter cette nouvelle clause, la Fabrique alla visiter l'église de Châteauroux, déjà édifiée par le protégé de Mme Balsan.

Dauvergne, architecte de Mme Balsan, est appelé à construire l'église. — L'enquête fut favorable, très favorable à M. Dauvergne, qui dut soumettre deux plans, l'un en style roman*, l'autre en style gothique. Le 29 mai 1883, la Fabrique se décida

Église Saint-Pierre de Neuilly.

pour le plan roman qui devait coûter 1.500.000 francs.

Lenteurs et difficultés. — Les ressources de la Fabrique ne lui permettaient pas de construire la totalité de l'édifice : il fut alors convenu que l'on s'occuperait d'abord du chœur et de son pourtour, du transept et des sacristies.

La Fabrique ne possédait que 73.688 francs : un emprunt au Crédit Foncier pour la somme de 350.000 francs fut résolu en principe et dès le 20 juin 1884, la Fabrique sollicita le concours financier des fidèles.

Le décret autorisant l'emprunt du Foncier ne fut signé que le 15 juin 1887 et l'autorisation préfectorale approuvant les plans et devis de Dauvergne ne fut donnée que le 25 juillet suivant.

Mort de Dauvergne. — La disparition de l'architecte qui mourut le 1er mai 1885, ne vint apporter aucun changement aux projets élaborés dont la réalisation allait s'accomplir.

Son fils le remplaça, qui était, lui-même, un architecte de valeur et qui en outre avait assisté son père dans tous ses travaux préalables.

Pose de la première pierre de l'église. — Le 30 octobre 1887, Mgr Richard posa solennellement la première pierre de l'église Saint-Pierre.

Les travaux se poursuivirent avec rapidité : déjà en septembre 1889, les autels étaient mis en place. Au commencement de 1890, la première partie de l'édifice étant terminée, on put célébrer la première messe, le 1er mai suivant :

Les curés Bonnefoy et Hertzog. — Le curé Bonnefoy qui avait été désigné pour remplacer l'abbé Normand — nommé chanoine titulaire — fut installé le 4 août 1890. Mais en 1893, il quittait la cure de Neuilly pour le siège épiscopal de la Rochelle : il avait recueilli pendant son administration, la somme de 43.000 francs de ses paroissiens pour la terminaison de Saint-Pierre.

Le successeur de Bonnefoy, l'abbé Hertzog continua l'œuvre commencée : il fit consentir, par le Crédit Foncier, un nouveau prêt de 300.000 francs.

Malheureusement, le 11 mai 1894, Hertzog était nommé curé de la Madeleine.

Zèle du curé Tardif. — Ce fut l'abbé Tardif qui remplaça l'abbé Hertzog, le 13 juin 1894.

Il reprit l'idée conçue par son prédécesseur en obtenant de la Fabrique et de son architecte que la nef fût allongée d'une double travée et qu'une crypte fût construite.

Il fit également terminer entièrement le clocher afin de pouvoir y loger les cloches.

Bref, l'abbé Tardif triompha de toutes les difficultés, et au printemps de 1896, l'édifice était presque complètement achevé.

Le 25 octobre suivant, deux cloches furent solennellement bénies.

En janvier 1897, le mobilier de l'église fut acheté par la Fabrique.

Le titre curial est transféré à Saint-Pierre. — Le titre curial fut accordé à l'église du rond-point d'Inkermann peu de temps après, le 7 avril 1897.

Saint-Pierre devint ainsi paroisse au lieu et place de Saint-Jean-Baptiste transformée en chapelle de secours.

L'abbé Bourgeat prit, le 21 décembre 1898, la place de l'abbé Tardiff qui était mort à la peine, ayant sacrifié sa vie et sa fortune, pour parachever l'œuvre entreprise par ses prédécesseurs.

Administration de l'abbé Bourgeat (1898-1911). — L'abbé Bourgeat embellit encore l'intérieur de l'église Saint-Pierre : il fit faire les sculptures des chapiteaux de la nef, du triforium et des bas côtés.

Il fit acquérir par la Fabrique les grandes orgues et fit construire le presbytère, 90 *bis*, avenue du Roule.

On lui doit la mise en place des vitraux qui décorent l'église, l'installation électrique, les lustres, les torchères, les grilles des fonts baptismaux, la chapelle des morts, les tables de communion.

Sous son ministère prirent place dans l'église, la *Sainte Geneviève*, du maître Dagnan-Bouveret, belle toile décorative que le peintre offrit gracieusement et qui surmonte l'autel de cette chapelle ; l'*Assomption*, de Pinsa, dans le transept de droite ; la grande composition, la *Consécration* de l'artiste très inspiré, Paul Bréham, dans le transept de gauche.

L'abbé Bourgeat fit également l'acquisition de trois statues qui furent placées dans le pourtour du chœur.

Désaffectation de l'ancien presbytère. — En février 1902, la Fabrique et la municipalité négocièrent à propos de la désaffectation de l'ancien presbytère qui se trouvait 3, rue Garnier, depuis 1845.

En octobre 1903, la ville en reprit possession à charge par elle de verser une indemnité de 30.000 francs à la Fabrique.

Ce qu'a coûté la construction de Saint-Pierre. — Les dépenses relatives à la construction de Saint-Pierre s'élevaient à la fin de 1912 à la somme de 1.651.766 fr. 30.

Le curé actuel de Saint-Pierre. — Le curé de Saint-Pierre, installé depuis 1911, s'appelle l'abbé Rümner.

CHAPITRE VI

LA PLAINE DES SABLONS ET PARMENTIER
SABLONVILLE

La plaine des Sablons. — Sablonville, dont l'étymologie n'a pas besoin d'être expliquée, fut un des plus riants villages des environs de Paris : il occupait l'extrémité d'une vaste plaine nommée la plaine des Sablons.

Sur le plan de Nicolas de Fer, de 1717, on remarque près de l'ancienne barrière du Roule (porte des Ternes actuelle) la croix des Sablons placée à l'intersection de l'avenue du Roule et du boulevard Victor-Hugo (ancien boulevard Eugène).

Les anciennes barrières de l'Étoile et du Roule.

Les registres paroissiaux de notre commune font déjà mention de la plaine des Sablons en 1732, 1735, 1739, bien que ce lieu n'ait été ainsi officiellement désigné qu'à partir de 1750, si l'on en croit le rapport publié en 1807 par André de Breuil, inspecteur du service du Domaine,

Il ne faudrait pas s'imaginer que la plaine en question se limitât au quartier de Sablonville actuel ; nous voyons au contraire sur la carte dite des chasses (1764-1773) qu'elle comprenait l'immense quadrilatère formé par l'avenue du Roule et la route de la Révolte d'une part, l'avenue de Neuilly et la rue de l'Église d'autre part.

Revues et courses de chevaux dans la plaine des Sablons. — Tous les ans, au mois de mai, le roi passait aux Sablons une brillante revue de ses gardes-françaises et de ses gardes-suisses.

Dans les cabarets et les guinguettes* d'alentour, les recruteurs en quête de soldats dressaient avec succès leurs filets.

Sous Louis XVI, les premières courses de chevaux eurent lieu dans la plaine des Sablons en 1775 et 1776 ; le duc d'Orléans, le comte d'Artois, le duc de Chartres, le duc de Lauzun, le marquis de Conflans furent les principaux protagonistes de ce genre de sport : la reine Marie-Antoinette assistait dans un belvédère spécialement construit pour elle à ce spectacle auquel elle prenait le plus grand plaisir.

La Révolution, l'Empire et la Restauration préférèrent aux Sablons le Champ de Mars et ce ne fut qu'à partir de 1855 que les courses de chevaux eurent lieu à Longchamp.

LECTURE. Parmentier et Louis XVI. — A la suite d'une revue passée par le roi dans la plaine des Sablons, un homme simplement vêtu fut introduit auprès de lui et tous deux causèrent longuement.

Louis XVI, qui cherchait par tous les moyens à combattre la famine de son peuple, trouva en Parmentier, apothicaire en chef des Invalides, un puissant auxiliaire.

Parmentier préconisa au roi la culture de la pomme de terre, et dans ce but il obtint du monarque la concession de 54 arpents de la plaine des Sablons pour faire l'expérience.

Cela se passait en 1786.

D'abord tourné en ridicule, Parmentier (1737-1813) ne se découragea pas pour si peu. Il ensemença cette terre aride et sablonneuse, jugée digne seulement d'être foulée par les pieds des soldats et les sabots des chevaux.

Bientôt des racines poussèrent des tiges qui donnèrent des fleurs.

Parmentier en composa un bouquet qu'il alla porter à Versailles, le 24 août 1787. Louis XVI, protecteur de l'entreprise, en orna sa boutonnière et toute la cour l'imita.

Dès lors la pomme de terre devint l'aliment précieux par excellence dont chacun apprécie les bienfaits.

On assure même que l'agronome*, avec la récolte de la plaine des Sablons, composa un dîner dont tous les mets, et jusqu'aux liqueurs, consistaient en pommes de terre.

Parmentier et Louis XVI dans la plaine des Sablons.

Un panneau du peintre Henri Gervex nous fait assister à un entretien entre Parmentier et Louis XVI dans la plaine des Sablons (salle des Fêtes de l'Hôtel de Ville).

Rappelons aussi que la statue de Parmentier, véritable bijou de l'éminent sculpteur Gaudez, orne aujourd'hui le petit square de l'Hôtel-de-Ville, face au boulevard d'Argenson.

L'École de Mars. — Après les expériences de Parmentier, la plaine des Sablons continua comme par le passé à servir de cadre aux revues militaires.

La Convention fit mieux encore : elle créa, le 1er juin 1794, l'École de Mars, à la suite d'un rapport de Barère de Vieuzac.

Le recrutement de son personnel, s'élevant à 3.000 élèves,

était assuré par le choix de six jeunes citoyens de 16 à 17 ans et demi, appartenant à chaque district de la République : la commune de Paris fournissait déjà pour sa part 80 élèves.

David, le célèbre peintre (1748-1825), fut chargé de leur dessiner un costume ; on leur donna des maîtres, des drapeaux, et un arbre de la Liberté fut même dressé dans le camp, qui était entièrement clos par des « chevaux de frise » et des barrières tricolores.

L'École de Mars occupait l'emplacement compris entre l'avenue de Neuilly, l'avenue des Ternes, le quartier de Sablonville actuel et s'appuyait sur le Bois de Boulogne près de la Porte-Maillot. L'hôpital de l'École était dans le Bois même.

Cependant cette tentative d'École militaire ne donna pas les heureux résultats que l'on espérait et l'École de Mars fut licenciée au mois d'octobre 1794.

La plaine des Sablons et le 13 Vendémiaire. — En 1795, Murat, alors chef d'escadron, enleva de la plaine des Sablons aux gardes nationaux (section Lepelletier) les pièces d'artillerie sans lesquelles le général Bonaparte n'eût pu faire, sur les marches de Saint-Roch, le 13 Vendémiaire.

Sablonville. — Le 7 juillet 1796, la Plaine des Sablons fut vendue par le Domaine au sieur Saint-Simon comme bien provenant de l'abbaye de Saint-Denis, pour le prix de 23.892 francs. — En 1797 on planta, dans la plaine des Sablons, un immense jardin avec constructions à l'anglaise dans le genre de Tivoli, afin d'y donner des fêtes : ce furent des courses de chars connues sous le nom de *Jeux chevaleresques*. Cet établissement dura jusqu'en 1820.

Le 10 juillet 1805, le comte Rœdern de Bernsdorff vendait à Casimir Périer la plaine des Sablons qu'il avait achetée de Saint-Simon.

En 1821, Casimir Périer, aliénait une partie de l'immense plaine à Mme de Montrozier, épouse séparée de biens du vicomte de Contamine pour 50.900 francs et vendait une seconde partie de ce domaine au sieur Gaarèze pour 68.100 francs.

En 1824, Mme de Montrozier vendait le domaine de Sablonville à Rougevin (Auguste), architecte (1792-1877). Ce Rougevin fut le véritable créateur du quartier dit de Sablonville en 1825.

La rue de Sablonville fut une des premières percées. Elle date de 1824 et porta jusqu'en 1844 le nom de *rue de la Barrière-du-Roule*.

Rougevin fit le lotissement des terrains Montrozier, perça les rues et obtint en 1827 la concession du marché de Sablonville aux conditions suivantes : il abandonnait à la commune de Neuilly la propriété du terrain et les constructions composant le marché moyennant le droit de percevoir à son profit le prix des places et stationnements suivant un tarif fixé par la municipalité : après trente ans, la commune avait droit à 10 p. 100 du revenu ; elle avait en outre le droit à ce pourcentage avant le délai fixé, au cas où la recette atteindrait 2.500 francs.

La mairie de Sablonville — l'ancienne mairie de Neuilly — fut construite en 1836 sur les plans de M. Marcel, élève de Vaudoyer.

Elle a été démolie en 1896, et au même endroit on a édifié l'actuelle Justice de Paix en 1897-1898 (Charron, architecte).

Chapelle N.-D.-de-la-Compassion. — C'est encore à Sablonville que se trouve la chapelle N.-D.-de-la-Compassion. A la prière de la reine Amélie, le roi Louis-Philippe voulut qu'un monument pieux vînt rappeler à tous la mémoire du duc d'Orléans mort si tragiquement le 13 juillet 1842. (Voir chapitre des Ternes.)

Le roi acquit le terrain et la maison de Cordier au prix de 110.000 francs.

La chapelle fut donc construite au 4, rue de la Révolte. Elle fut placée sous l'invocation de Notre-Dame-de-la-Compassion.

Desservie par un chapelain, elle fut dotée d'une rente de 8.000 francs.

La chapelle a peu d'élévation et sa forme est celle d'une croix grecque.

Autrefois elle était entourée de cyprès.

A l'intérieur, l'autel placé au point d'intersection de la croix est sur le lieu même où l'infortuné prince expira.

Les croisillons sont ornés de vitraux du peintre célèbre Ingres dont les dessins sont au Musée du Louvre.

Des cartouches surmontés d'une couronne royale renferment le monogramme du duc d'Orléans.

Sur le côté droit de la chapelle, un cénotaphe remarquable, dû au ciseau de Triquetti représente le prince, grandeur naturelle, tel qu'il était sur le lit de l'épicier Cordier au moment de son agonie.

Devant l'autel, sont trois prie-Dieu, qui, comme les ornements servant au culte, ont été brodés par la mère du duc d'Orléans, la reine Amélie.

Au moment de la guerre de 1870, la chapelle faillit être démolie en raison des servitudes militaires imposées à la zone.

Chapelle de N.-D.-de-la-Compassion, route de la Révolte.

Le général Chabaud-Latour intervint pour empêcher cette destruction inutile.

Toutefois les objets précieux de la chapelle furent mis en sûreté : les vitraux, les sculptures, le mausolée, le tableau de Claudius Jacquand furent déménagés.

Le 6 janvier 1896, des malfaiteurs ayant pénétré dans la chapelle brûlèrent le tableau en question qui représentait le duc d'Orléans recevant l'Extrême-Onction. Auprès de lui, étendu sur un matelas, le peintre avait groupé les membres de la famille royale, les officiers, les médecins et le curé Deleau, dont une rue à Neuilly porte le nom et qui assista le prince à ses derniers moments.

CHAPITRE VII

HISTOIRE DES PONTS DE NEUILLY ET DU PONT DE PIERRE DE PERRONET

Les ponts de Bois. — Le bac de Neuilly, établi en 1140, ne répondait plus aux besoins de la population, mais il aurait pu durer longtemps encore sans une circonstance qui faillit tourner au tragique et nécessita la construction d'un pont de bois qui augmenta l'importance du petit port de Neuilly et devint une des causes de sa prospérité.

L'accident d'Henri IV au bac de Neuilly.

LECTURE. L'accident d'Henri IV et de Marie de Médicis. — Si l'on en croit les *Mé-*

moires de l'Estoile, voici en quelques mots le récit de cet accident survenu le 9 juin 1606.

Le roi Henri IV et la Reine Marie de Médicis revenaient de Saint-Germain et avaient pris pour traverser la Seine le bac de Neuilly sans quitter leur carrosse parce qu'il pleuvait.

On prétend que les chevaux de la voiture royale que l'on avait oublié de faire boire, tirèrent de côté tant et si bien que le véhicule et les personnes qu'il contenait furent précipités dans le fleuve.

Le roi et M. de Vendôme se tirèrent aisément d'affaire, quant à la reine, sans le secours de M. la Chastaignerie et d'un valet de chambre qui purent la saisir par sa chevelure, elle se serait infailliblement noyée.

Cet accident guérit le roi d'un violent mal de dents et une fois sa frayeur passée, il déclara avec jovialité qu'il n'y avait pas de meilleure recette à ce mal qu'un bain forcé : puis il ajouta qu'ayant mangé trop de salé à son dîner, on avait voulu le faire boire après.

La légende dit encore que le batelier qui avait contribué au sauvetage du couple royal, eut l'autorisation d'avoir une fleur de lys sur la porte de sa maisonnette, marque d'honneur peu coûteuse de la reconnaissance du monarque.

Un prestigieux panneau de la salle des Fêtes de notre Hôtel de Ville, qui a pour auteur l'éminent peintre Schommer, retrace avec beaucoup de brio et d'ingéniosité cet événement important de notre histoire locale.

Constructeurs et concessionnaires des ponts de bois. — L'accident de 1606 détermina la construction d'un pont de bois en 1608.

Ce pont avait dix-huit arches et fut construit, affirme l'abbé Bellanger, par Remi Basset, charpentier de Châteaudun. Il coûta 42.000 livres.

D'autres auteurs, entre autres, M. Maurice de Cambis, disent que le constructeur s'appela Christophe Marie. Cette opinion est conforme à la vérité historique.

Le pont fut d'ailleurs reconstruit en 1638-1639, par Guillaume Andrieux de Gournay : il n'eut plus que seize arches.

Louis XIII accorda la concession du pont avec péage[1] à Louise

---

(1) **Péage.** — Droit de passage sur un pont.

> Puisque l'amour, le jeu et le tonneau
> Me rendent le gousset plus sec qu'une allumette,
> Je veux toujours dans ma pochette
> Avoir de quoy pour passer l'eau.

Ces vers sont au bas d'une estampe de la Bibliothèque nationale red'Hautefort, duchesse de Schomberg, à la mort du constructeur Marie, pour une durée de 30 ans. Ce privilège fut renouvelé en 1663.

Au mois de février 1711, le marquis de Surville obtint les mêmes privilèges qui devaient expirer en 1751.

Enfin en 1735, des lettres-patentes accordèrent une prorogation de 40 années au marquis d'Hautefort, petit-neveu de la duchesse de Schomberg.

Lorsque Perronet remplaça le pont de bois par celui en pierre qui existe toujours, c'était encore un marquis d'Hautefort qui était concessionnaire des droits de péage, droits pour lesquels il reçut une indemnité.

M. de Cambis a retrouvé et publié dans le *Bulletin de la Commission historique* de 1907 les lettres-patentes de Louis XV par lesquelles le roi accordait en 1723 à la marquise de Surville une somme de 3.000 livres par an pour l'aider à subvenir à l'entretien des ponts de Neuilly.

D'autre part, M. Victor Giraud a ruiné la légende qui voulait que Pascal ait failli se noyer en passant le pont de bois de Neuilly.

Le pont de pierre de Perronet. — Le pont de pierre bâti par Perronet a immortalisé son nom : la première pierre en fut posée le 19 août 1768, 4 ans plus tard, la dernière clef des cinq arches était mise en place en présence du curé de Neuilly qui la bénit et le 22 septembre 1772, on procéda en présence du roi Louis XV et de toute la cour au décintrement du pont : il avait coûté 1.172.000 livres.

LECTURE. Inauguration du pont de Perronet. — Le 22 septembre 1772, le roi Louis XV, suivi de toute la cour et d'une foule considérable, se rendit au « village » de Neuilly où l'attendaient les ministres.

Trudaine conduisit Sa Majesté sur un trône préparé sous une vaste tente qui lui permettait de ne perdre aucun détail du spectacle.

Lorsque chacun fut à son poste, à un signal du tambour, les ouvriers exécutèrent le décintrement des voûtes avec un ensemble et une régularité admirables : ces masses de planches tombant

---

présentant la vue de l'ancien pont de bois qui reliait, avant le pont de Perronet, Courbevoie et Neuilly.

simultanément dans le fleuve produisirent un vacarme qui fut entendu jusqu'à Paris.

Les eaux écumantes faillirent faire chavirer les barques de ceux qui, en aval, s'occupaient de recueillir les pièces de bois.

Des jeunes filles en blanc jetèrent des fleurs sur le pont et le roi émerveillé traversa le pont le premier dans son carrosse.

Des réjouissances publiques eurent lieu pendant la soirée pour les assistants et pendant toute la semaine pour les gens de Neuilly.

On avait amené soixante pièces de vin, deux tonnés d'eau-de-vie et quinze sacs de farine changés ce jour-là en pâtisseries. Ces rations étaient distribuées aux porteurs de cartes délivrées, principalement aux ouvriers. Le soir, le ministre paya cinquante violons.

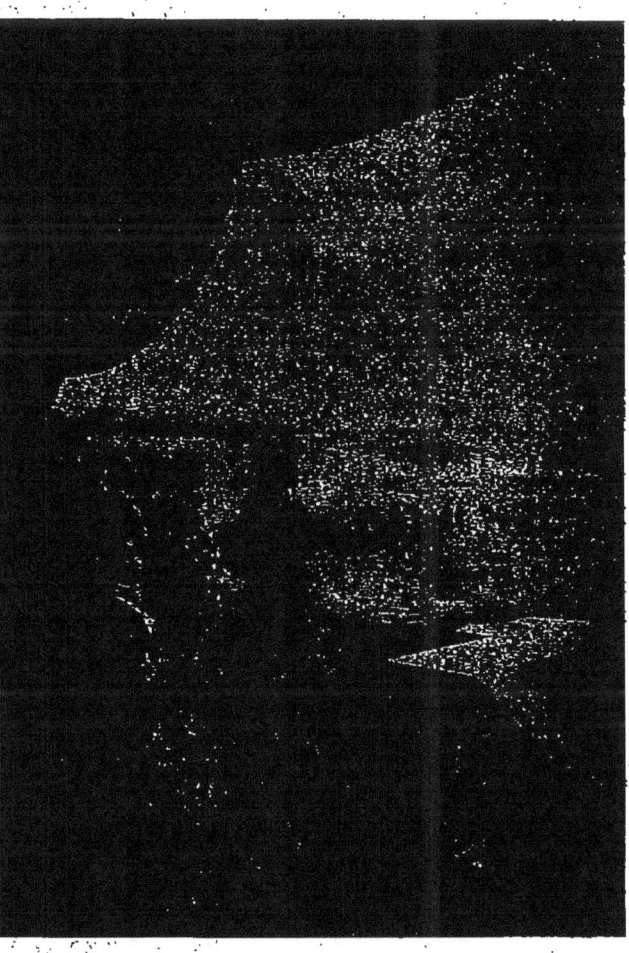

Inauguration du pont de Perronet.

Le panneau de Lapierre-Renouard dans la salle des Fêtes nous montre Louis XV assistant sous sa tente royale au décintrement du pont de Perronet.

Autres ponts de Neuilly. — Les ponts de la Jatte ou ponts Bineau furent construits en 1869 : la guerre de 1870 étant sur-

5

venue, il fallut les détruire à raison des nécessités de la défense nationale.

Ils ont été reconstruits en 1873 et 1877.

Dès le 23 février 1872, le conseil municipal de Neuilly avait émis un vœu pressant pour leur rétablissement.

La frégate-école de 1851. — Près du pont de Perronet, dans le petit bras de la Seine, on avait construit, en 1851, une frégate-école de quarante canons pour servir à l'instruction pratique et théorique des futurs marins.

Le lancement et l'inauguration donnèrent lieu à une grande fête le 23 novembre 1851 en présence du prince-président, le futur Napoléon III et de Coquereau, curé de Neuilly.

Mais la frégate n'eut aucun succès.

Elle fut remorquée plus tard jusqu'au Pont Royal à Paris où on la transforma en établissement de bains.

Elle ne disparut qu'au moment de l'Exposition universelle de 1900.

François Coppée en parle dans ses *Souvenirs d'un parisien.*

CHAPITRE VIII

LE CHATEAU DE NEUILLY

Origine. — L'origine de propriété est totalement inconnue On a trouvé dans les archives de la famille d'Orléans un manuscrit (acte autographié), duquel il appert que le marquis de Nointel, garde des sceaux intérimaire du frère de Louis XIV, le duc d'Orléans, possédait en 1668 le château de Neuilly. M. de Sassenage l'ayant acheté en 1702, en a joui jusqu'au 11 juillet 1740, époque à laquelle il le vendit à Mme Gontaut-Biron, mère du maréchal Biron. Cette dame très âgée, décéda la même année : par testament, en date du 16 août 1740, elle donna la nue-propriété du château à Pierre Voyer d'Argenson et l'usufruit à M. Devillars, qui mourut en 1741.

Le château de Neuilly sous d'Argenson. — Pierre-Voyer-d'Argenson, chancelier du grand-père de Louis-Philippe, devint seul propriétaire du château qu'il fit rebâtir presque entièrement sur les plans de l'architecte Cartaud : cette habitation, avec ses dépendances, son parc et ses jardins, occupait une étendue de trente-trois arpents et un tiers.

Le château était de style ionique, un péristyle de quatre colonnes en formait l'entrée : la façade du côté opposé à la Seine était également décorée dans le même style. Le vestibule était enrichi de pilastres ioniques, et la décoration du salon en stuc était d'ordonnance corinthienne. Des statues de Pigalle, d'Adam, de Vassé, ornaient à la fois les diverses pièces de ce château élevé sur plusieurs terrasses dominant la Seine.

Le *Journal* de Barbier affirme qu'en août 1751 la reine vint visiter le château de Neuilly.

De d'Argenson à Murat. — D'Argenson étant mort en 1763,

son fils lui succéda dans ses droits, qui s'appelait René-Louis d'Argenson. Mais il vendit Neuilly le 10 juillet 1766 à Radix de Sainte-Foix, surintendant du comte d'Artois, moyennant 100.000 francs. Radix de Sainte-Foix conspira pour la liberté de Louis XVI, fut arrêté plusieurs fois et faillit être guillotiné. Il mourut en 1809.

Le 5 avril 1792, Radix, après en avoir joui pendant 26 ans, avait revendu la propriété à Mme de Montesson pour 370.000 livres.

Puis M. Delannoy et Mme Vanderberghe étant devenus le 8 mai 1794 possesseurs du château moyennant 230.000 francs, le cédèrent pour la même somme à Murat qui réunit les deux domaines Villiers et Neuilly le 4 mars 1804. De 1804 à 1807, Murat fit exécuter d'importants travaux, par l'architecte Fontaine. L'aile gauche fut bâtie ainsi qu'une merveilleuse salle à manger. L'aile droite fut commencée et la façade principale fut prolongée du côté des jardins. En même temps, on fit des plantations sur les terrains nouvellement acquis.

De Murat à Louis-Philippe. — Lorsqu'en 1808 Murat devint roi de Naples, tous ses biens et, par conséquent, Neuilly, furent réunis au domaine de la Couronne.

Napoléon Iᵉʳ ayant fait don, le 28 octobre 1808, du château de Neuilly à la princesse Pauline Borghèse, sa sœur, sépara à nouveau les deux domaines, Villiers et Neuilly. Pauline accepta la donation dès le 1ᵉʳ novembre suivant.

En 1814, le domaine de Neuilly revint encore à la Couronne, et c'est alors que Louis XVIII proposa Neuilly au duc d'Angoulême. Mais, par acte dressé en vertu de la loi du 16 juillet 1819, le duc d'Orléans (Louis-Philippe) prit possession de Neuilly et de Villiers en échange des écuries de Chartres situées rue Saint-Thomas du Louvre qui, depuis 1801, étaient occupées par les chevaux de la Couronne.

L'estimation des experts, en date du 10 mars 1818, portait la valeur du domaine Neuilly-Villiers à 1.034.187 francs contre 1.184.353 francs pour les écuries de Chartres.

Le château de Neuilly sous Louis-Philippe. — Sous l'administration de Louis-Philippe, le château de Neuilly devint une résidence magnifique.

Louis-Philippe naquit à Paris en 1773, et mourut à Claremont (Angleterre) en 1850.

Le 30 octobre 1821, le prince acheta à l'Etat des terrains d'alluvion* formant sept îlots et ayant une contenance de sept arpents.

Deux digues furent créées qui rattachèrent l'île du Pont à la grande île de la Jatte et de l'autre côté à l'île de Puteaux, afin

Le château de Neuilly.

de rendre navigable le petit bras de la Seine : un pont de fil de fer fut construit par les frères Séguin pour relier le parc de Neuilly à l'île de la Jatte : enfin, en tête de l'île du Pont, dans l'île connue aujourd'hui sous le nom d'*Ile d'amour*, on réédifia le petit temple en marbre à colonnettes qui provenait des *Folies de Chartres*, aujourd'hui le parc Monceau.

Ce petit temple a été classé comme monument historique le 23 mai 1913.

A l'entrée du château de Neuilly se trouvait aussi le temple de Diane, dans lequel on pouvait voir la statue de Diane de Poitiers qui provenait du château d'Anet.

Rappelons maintenant deux incidents survenus au château de Neuilly pendant les journées de juillet 1830.

Le jeudi 29 juillet, un boulet fut lancé dans le parc de Neuilly au lieu dit *Bosquet des Tourniquets* par les troupes de la garde royale qui, repoussées de Paris, se réfugiaient dans le Bois de Boulogne.

Le vendredi 30 juillet, les délégués du gouvernement provisoire vinrent proposer au duc d'Orléans (Louis-Philippe), la lieutenance générale du royaume.

Le petit temple de l'Ile d'Amour.

La princesse Adélaïde (1777-1847), sœur de Louis-Philippe dont elle fut la conseillère prudente et écoutée, fit édifier une sorte de monument pour commémorer ces faits désormais inoubliables.

Le château de Neuilly entretenait un personnel nombreux et son entretien coûtait 400.000 francs par an.

Le 25 février 1848, le château fut incendié par une bande d'émeutiers et de pillards. L'aile que Murat fit construire par l'architecte Fontaine (pavillon de Mme Adélaïde) résista seule à l'incendie.

On signale encore dans le jardin la table en pierre, de forme octogonale *, devant laquelle Louis-Philippe et les siens avaient pris l'habitude de s'asseoir.

LECTURE. Fête donnée par Talleyrand au château de Neuilly (1801). — Pour célébrer la venue en France du roi d'Étrurie (qui voyageait sous un demi-incognito avec le titre de comte de

Livourne, Talleyrand donna le 8 juin 1801 une fête d'une rare magnificence.

Un très beau concert où se firent entendre Mme Scio et Mme Granini, des illuminations avec des verres colorés, des décorations de la plus grande richesse représentant le palais Pitti, des groupes de personnages costumés en italiens, des couplets en l'honneur du

Napoléon chez Talleyrand au château de Neuilly.

prince et de Bonaparte, des danses inspirées, des tableaux de Téniers, telles furent les principales attractions de cette merveilleuse soirée.

Après avoir assisté à un défi que se lancèrent deux poètes improvisateurs : Gianni (italien) et Esménard (français), les assistants eurent la surprise d'un éblouissant feu d'artifice tiré dans l'île de la Jatte.

Un souper servi dans cinq salles fut renouvelé trois fois la nuit durant ; les tables étaient fleuries d'orangers et les glaces avaient la forme des fruits.

A minuit, un bal fut ouvert par le roi d'Etrurie et Mme la générale Leclerc qui fut plus tard la princesse Pauline Borghèse.

La foule évaluée à plus de quinze cents personnes comprenait l'élite de la société parisienne.

« Il était impossible, affirmait le *Journal des Débats*, de trouver réunis dans une même fête plus d'intentions aimables, plus de jolis couplets, plus d'illuminations, plus de fleurs, plus de femmes charmantes. » Le tableau très réussi du panoramiste *Poilpot* donne dans notre salle des Fêtes un aperçu de cette inoubliable fête.

Autres fêtes données au château de Neuilly. — Signalons encore parmi les fêtes données au château de Neuilly, celle que le général Murat donna à l'occasion du couronnement de Napoléon Ier comme roi d'Italie le 24 mai 1805.

Celle que donna Pauline Borghèse, sœur de Napoléon Ier, le 14 juin 1810, lors du mariage de Napoléon Ier et de Marie-Louise. Elle fut très brillante et hormis les deux époux, toute la cour y assista.

Vestiges du château de Neuilly. — Au nº 3 du boulevard de la Saussaye existe encore le petit château du duc et de la duchesse d'Orléans, que le prince de Wrède vient de faire restaurer tout dernièrement avec un goût parfait.

Avenue Sainte-Foy, 45, près du boulevard du Château, on reconnaît l'endroit où se trouvait le piquet de cavalerie.

Nous avons déjà parlé de l'aile droite que ne purent détruire les incendiaires : c'était le pavillon de Mme Adélaïde : dans ce pavillon fut longtemps installé *l'orphelinat de Notre-Dame-des-Arts* : il est actuellement occupé, après avoir été remanié, par les sœurs hospitalières Saint-Thomas de Villeneuve.

En outre, avenue Sainte-Foy, dans l'institution Sainte-Geneviève, existe encore intact le pavillon habité par la princesse Marie, duchesse de Wurtemberg.

CHAPITRE IX

LE PARC DE NEUILLY ET LES SERVITUDES LOCALES

Limites de l'ancien parc de Neuilly. — Le parc, cette importante partie du territoire de notre commune, comprenait, sous Louis-Philippe, une superficie considérable.

Sa limite naturelle était au nord, la Seine, de la rue Soyer à la rue de Villiers; au sud, le parc épousait la courbe que dessine à cet endroit la route de la Révolte, de la porte de Villiers à celle des Ternes. En remontant dans la direction de la Seine, à sa gauche, il avait pour limites l'avenue du Roule jusqu'au rond-point d'Inkermann, le boulevard d'Argenson jusqu'au boulevard du Château, la fraction des boulevard et rue du Château qui va jusqu'à la rue Soyer et cette dernière voie dans toute son étendue jusqu'à la berge du petit bras; à sa droite en partant de la porte de Villiers, les boulevard et rue de Villiers actuels. Le domaine privé du roi Louis-Philippe comprenait encore les deux îles connues sous le nom d'Ile du Pont et d'Ile de la Grande-Jatte.

Histoire des servitudes. — Nous savons déjà que le château et le parc de Neuilly appartenaient autrefois à la famille d'Orléans et à Louis-Philippe. A cette époque le parc du château *était fermé par des murs*, il s'étendait depuis les fortifications, boulevard ou route de la Révolte, jusqu'à la Seine.

Après la Révolution de 1848 et le coup d'État du 2 décembre 1851, le prince président Louis-Napoléon Bonaparte, qui allait devenir Napoléon III, rendit DEUX décrets concernant la famille d'Orléans, le 22 janvier 1852.

Dans le premier décret, la famille d'Orléans était frappée de l'interdiction de posséder meubles ou immeubles en France et mise dans l'obligation de vendre tous ses biens dans l'espace d'un an.

Dans le second décret, le domaine de Neuilly faisait retour à l'État et redevenait *bien national*.

Comme conséquence de ces mesures, un nouveau décret, en date du 27 mars 1852, ordonnait la mise en vente de « Neuilly ».

Pour expliquer et justifier le morcellement de cette propriété princière on fit valoir que le parc, *clos de murs*, interceptait toute communication entre Neuilly, Sablonville, Champerret, Levallois et Villiers.

La première adjudication eut lieu le 17 août 1853. Des délibérations municipales très importantes qui portent la date des 20 septembre et 6 octobre 1853 réglèrent la question des servitudes* et imposèrent dans les cahiers des charges les clauses importantes dont nous donnons en note[1] la nomenclature.

A la suite des délibérations municipales, l'administration des Domaines de l'État décida d'ouvrir douze rues et cinq

---

1. **Nature des servitudes du parc.** — Lors de la vente des biens de la famille d'Orléans, l'État soucieux de conserver à la ville de Neuilly le bel aspect et le caractère élégamment champêtre que le parc offre aux regards du promeneur, décida d'instituer les servitudes locales suivantes :

1º Obligation pour les propriétaires d'établir une grille en fer devant les constructions en façade sur les *boulevards* et dans les pans coupés.

2º Obligation de ne construire qu'à une distance de vingt mètres de l'alignement des *boulevards*.

3º Interdiction d'établir des fabriques, usines, ateliers ou dépôts de tous genres pouvant être considérés comme établissements dangereux, insalubres ou incommodes.

En résumé, ces servitudes ont été créées dans un but d'hygiène, d'assainissement et d'embellissement, en un mot, d'utilité publique.

Plusieurs personnes ont remarqué que malgré les servitudes l'on a bâti en façade sur le côté de l'avenue du Roule réservé autrefois à l'ancien parc.

Ce phénomène s'explique par ce fait que la première adjudication des terrains en bordure du côté droit de l'avenue du Roule fut ordonnée trop hâtivement (17 août 1853) et que l'on n'imposa pas aux acquéreurs les clauses des servitudes que nous venons d'énumérer.

boulevards suivant un plan de lotissement approuvé par arrêté préfectoral du 11 novembre 1854.

Le 20 octobre 1857, un nouvel arrêté du préfet ordonnait la viabilité de sept nouvelles rues.

Le 19 août 1859, l'État avisa la Ville de la réception définitive des travaux de viabilité, et le 24 septembre suivant, la

Le duc d'Orléans (Louis-Philippe) et sa famille au château de Neuilly.

municipalité prit possession des voies publiques nouvelles du parc de Neuilly ainsi transformé.

Les autres remises de voies publiques eurent lieu le 26 octobre 1859, le 27 mai 1861 et le 30 septembre qui suivit.

Dans le dernier procès-verbal du 30 septembre 1861 on lit ce qui suit :

« A partir de ce jour, toutes les voies créées dans l'ancien domaine de Neuilly, depuis le rond-point de la Révolte jusqu'à la Seine, sont sous la dépendance de la commune de Neuilly, à l'exception du boulevard latéral (boulevard Bourdon) à la Seine et désormais il appartiendra à cette commune de maintenir les obligations et servitudes imposées par l'État aux propriétaires riverains. »

Ajoutons que le boulevard en question a été remis à la ville par les Domaines le 8 mai 1911, et que les boulevards circulaires de l'Ile de la Jatte ont été remis le 2 février 1912.

LECTURE. La famille d'Orléans à Neuilly. — Le souvenir du parc de Louis-Philippe et du château de Neuilly est trop lié à l'histoire de la famille d'Orléans pour que nous n'éprouvions pas le besoin de consacrer quelques lignes aux membres qui la composaient.

Le tableau très coloré de M. Paul Bréham, dans la salle des Fêtes de notre Hôtel de Ville, évoque, à la date du 30 octobre 1827, la silhouette martiale de Louis-Philippe entouré de sa famille et d'un brillant état-major.

Dans le fond on aperçoit en silhouette les bâtiments du château de Neuilly.

Louis-Philippe n'était en 1827 que duc d'Orléans. Aussi bien M. Bréham lui fait-il revêtir le somptueux costume de colonel général des hussards. A côté de lui, on reconnaît Marie-Amélie, sa femme, la future reine des Français.

Et entre les deux époux se distingue la figure de Madame Adélaïde, sœur de Louis-Philippe.

Les autres princesses sont, de gauche à droite, la princesse Marie (Alexandre de Wurtemberg) et la princesse Louise qui devint reine des Belges.

Enfin la fillette qui tient des roses dans sa main sur le premier plan à droite entre ses deux sœurs n'est autre que la princesse Clémentine, plus tard duchesse Auguste de Saxe-Cobourg.

A gauche du chef de famille sont placés le duc de Nemours, colonel du Ier chasseurs, et plus à gauche encore Ferdinand-Philippe d'Orléans, celui qui mourut si tragiquement en 1842, route de la Révolte. Mentionnons pour mémoire, car ils ne figurent pas sur cette belle toile, les autres fils de Louis-Philippe, le prince de Joinville, le duc d'Aumale et le duc de Montpensier.

CHAPITRE X

LE CHATEAU DE VILLIERS

Origine. — Le plus ancien propriétaire connu du château de Villiers était messire Pierre Moreau, écuyer, conseiller-secrétaire, maison, couronne de France et de ses finances, trésorier général de l'hôtel royal des Invalides, seigneur de Beaumont et autres lieux, qui mourut à Villiers en 1725, le 5 mai.

Il possédait ce château ou plutôt cette maison depuis 1715.

Moreau eut pour hôte Maximilien II, électeur de Bavière, qui résida à Villiers pendant son séjour en France et fit don à l'église Saint-Martin de Villiers du tableau qui ornait le maître-autel, *les Disciples d'Emmaüs*, qui se trouve maintenant dans l'église Saint-Jean-Baptiste, avec les fonts baptismaux de Saint-Martin qui sont classés parmi les monuments historiques ainsi que nous l'avons mentionné au chapitre de l'histoire des églises de Villiers-Neuilly. D'après une note tirée des manuscrits de la Bibliothèque nationale, il résulte qu'après Moreau, le château passa entre les mains de divers propriétaires, dont on ignore actuellement les noms, jusqu'à Senac, premier médecin de Louis XV.

Ce dernier eut un fils Senac de Meilhan (1736-1803), qui lui succéda dans ses droits.

LECTURE. Gabriel Senac de Meilhan. — C'est une figure singulière que celle de ce propriétaire de Villiers qui naquit à Paris en 1736.

Il se consacra d'abord à la carrière administrative; il fut tour à tour maître des requêtes, intendant d'Aunis, de Provence — où il laissa son nom à une des plus belles promenades de Marseille, les *allées de Meilhan* qu'il fit planter — enfin en 1775, intendant du Hainaut, où il déploya de très précieuses qualités d'administrateur.

Le mérite dont Sénac de Meilhan fit preuve dans ses divers emplois, lui valut même d'être nommé intendant général de la guerre en 1775. Mais le comte de Saint-Germain en prit de l'ombrage et le fit révoquer. La Révolution décida Sénac à émigrer. On

Gabriel Senac de Meilhan.

le vit à Aix-la-Chapelle, à Venise, puis en Russie où il fut admis dans la société de Catherine II qui le pensionna.

Il mourut à Vienne, en 1803.

Ce fut un esprit brillant, un charmeur : il était un causeur très goûté en même temps qu'un mondain sceptique.

Très mêlé à la haute société de l'époque, intriguant à souhait, il fut parmi les familiers de Mme de Pompadour, des Noailles, des Choiseul, etc.

Sa liaison platonique avec la marquise de Créqui demeura toujours une amitié purement spirituelle, et cette Égérie fut pour l'écrivain le meilleur des conseillers ; elle voulait le pousser à l'Académie Française : il en était digne !

Cet écrivain méconnu a beaucoup écrit : on lui doit *Principes et causes de la Révolution* (1790); *Sur l'esprit et les mœurs* (1788); *Considérations sur les richesses* (1787).

Son roman *l'Émigré*, publié à Hambourg en 1795, fut un gros succès de librairie.

Quant aux *Mémoires d'Anne de Gonzague*, mémoires apocryphes*, ils excitèrent au plus haut point la curiosité du public.

Somme toute, Senac de Meilhan n'a pas encore conquis la place à laquelle son talent si français lui donne si légitimement droit. Peu de lettrés ont lu ses œuvres et le grand public ignore même jusqu'à son nom.

Deux anecdotes que l'on nous pardonnera de mentionner ici

donnent la preuve de la perspicacité de ce bel esprit au talent si délicat, de cet écrivain classique dont le style fut toujours d'une haute tenue.

En 1755, alors qu'il vint rendre visite à Voltaire aux « Délices », il osa discuter, malgré ses dix-neuf ans, avec l'auteur du *Siècle de Louis XIV*, à propos du Masque de fer.

Il démontra à l'historien, sans le convaincre, que le mystérieux prisonnier n'avait rien de royal, que ce personnage n'était autre qu'un secrétaire du duc de Mantoue, le comte Mattioli.

Ainsi Senac, dès le milieu du dix-huitième siècle donnait, le premier, la clé de cette angoissante énigme.

Dans une autre occasion, le châtelain de Villiers donna encore la mesure de la finesse de son jugement.

Un soir qu'il se trouvait chez la duchesse de Grammont, le duc de Choiseul entra, l'air tout attristé.

— Qu'avez-vous, mon frère ? lui demanda la duchesse.

— C'est l'arrêt de Lally-Tollendal que je porte au Roi.

— Voulez-vous en prendre connaissance ? demanda-t-il ensuite à Senac.

Celui-ci répondit :

— Cet arrêt est une monstrueuse iniquité.

« Atteint et convaincu d'avoir trahi les intérêts du Roi, de l'État et de la Compagnie, un jugement aussi cauteleux prouve l'embarras des juges qui n'ont pu convaincre de trahison ce malheureux. »

On sait en effet que Lally-Tollendal fut mis à mort et réhabilité vingt ans après.

Villiers aux XVIIIe et XIXe siècles. — De 1785 à 1796, le château de Villiers fut entre les mains du banquier Van Haller, trésorier de la République française en Italie.

De 1796 à 1797, le propriétaire de Villiers s'appela Antoine Ruffin.

Puis de 1797 à 1800, le château fut possédé par Pierrette-Gabrielle Petitjean, veuve de Charles Thomas de Bullion.

Le général Murat acheta le domaine le 15 juin 1800.

Voici, d'après Paul Marmottan, quelle était la physionomie de Villiers à l'époque du premier Empire :

Le château se composait d'un corps de logis principal qui fut réuni par une galerie à l'orangerie déjà existante.

Son centre se trouvait exactement dans l'axe de la rue Gide, à Levallois-Perret.

A droite de la cour d'entrée, il y avait cinq bâtiments réunis par des communications particulières.

Les appartements de Murat occupaient le rez-de-chaussée et le premier étage du corps de logis principal et le reste des bâtiments formait 24 pièces.

Dans la cour des écuries se trouvaient les cuisines et offices, des stalles pour 32 chevaux et des remises pour 6 voitures. Au-dessus des remises se trouvaient les communs qui pouvaient loger 8 personnes.

Le jardin était séparé par une palissade du parc de Neuilly, sa contenance était de 11 hectares environ; à l'extrémité du jardin, en allant vers la Seine, on trouvait encore une petite orangerie, un jardin potager et une habitation pour le jardinier.

Le prince Murat loua, en été 1809, le château de Villiers au prince Kourakin, ambassadeur de Russie.

De 1809 à 1816, le domaine fut la propriété du général Comte Lebau.

De 1816 à 1818, il fit de nouveau retour à la Couronne.

Enfin grâce à la loi du 16 juillet 1819, le Duc d'Orléans (Louis-Philippe) réunit les deux domaines, Neuilly et Villiers.

Villiers qui n'était plus qu'une annexe du château de Neuilly, devint plus tard la résidence du duc d'Aumale.

Mais Louis-Philippe occupa en fait les châteaux de Neuilly et Villiers dès le mois de mars 1817.

Vestiges du château de Villiers. — Des personnes qui ont vu avant sa destruction par les émeutiers en 1848 (25-26 février) ce que l'on a appelé avec emphase « le château de Villiers » affirment que ce n'était qu'une sorte de grande maison bourgeoise construite dans le style des communs qui existent encore aux 63 et 65 de la rue de Villiers actuelle.

CHAPITRE XI

LES TERNES. LA BARRIÈRE DE L'ÉTOILE ET L'ARC DE TRIOMPHE

Les Ternes.

Étymologie. — Un titre de l'abbaye de Saint-Denis de 1320, et un manuscrit latin de 1412, tiré du chapitre Saint-Honoré dont dépendait la petite paroisse de Saint-Martin de Villiers, parlent d'une ferme *externe* qui existait à cette époque entre le Roule (faubourg Saint-Honoré actuel) et le Bois de Rouvray (bois de Boulogne). Elle avait, dit le titre de 1320, une contenance de 9 arpents.

Du mot *externe* on fit *l'Esterne*, puis *les Ternes*, qui signifient donc une ferme extérieure située en dehors de l'enceinte.

Origine. — A l'origine, le lieu dit *l'Esterne* était entièrement couvert de bois.

Quand Dagobert Ier créa Clichy où il édifia un palais, et que Villiers, dépendance de Clichy, n'était encore qu'une métairie, on s'occupa d'établir une route entre le Roule et Clichy.

Au bord de cette route, aujourd'hui l'avenue des Ternes, s'éleva une ferme : ce fut l'origine des Ternes.

La ferme l'Esterne. — C'est au moment de la guerre de Cent ans qu'il est question pour la première fois dans les *Chroniques de Saint-Denis* de la ferme *l'Esterne*.

Elle comprenait 19 arpents et servait à protéger les paysans contre les exactions des bandes armées.

6

Dans les années qui suivirent la captivité du roi Jean après la défaite de Poitiers (1356), Pierre Jourdaing fit reconstruire entièrement *l'Esterne* et l'entoura de solides murailles.

Elle occupait l'espace compris aujourd'hui entre l'avenue des Ternes, la rue Poncelet, la rue de Courcelles, l'avenue de Villiers et la route de la Révolte.

La ferme de Pierre Jourdaing fut vendue après Azincourt (1415), et passa aux mains de Thomas de Milly, bourgeois de Paris, changeur, avec l'agrément de la toute-puissante abbaye de Saint-Denis.

L'Esterne ne formait qu'une maison avec des écuries et un clos.

Le château des Ternes. — En 1540, Pierre Habert, originaire d'Issoudun, vint à Paris : il acheta la ferme *l'Esterne*.

D'abord professeur d'écriture, il se lança à la cour et se qualifia « seigneur des Ternes ».

Il fit partie des conseils privés de François Ier, Henri II et Charles IX. Il devint même, si l'on en croit l'abbé Bellanger, garde des Sceaux.

En 1548, il démolit la ferme *l'Esterne* et fit bâtir à sa place un château.

Pierre Habert était un poète apprécié : il a écrit en outre un grand nombre d'ouvrages sur l'Ecriture, l'Alchimie, la Physique, etc.

Il eut deux enfants :

Suzanne des Ternes, qui se maria avec Charles Dujardin, secrétaire de Henri III, dans l'église Saint-Martin de Villiers. Le festin des noces eut lieu dans l'enclos des Ternes. La fête fut brillante et l'assistance fort nombreuse. Le roi se fit représenter pour faire honneur aux deux familles.

Mais Suzanne devint veuve à 24 ans : elle vécut dans la retraite, à partir de cette époque, consacrant son temps à faire le bien et composant des écrits qui, malheureusement, sont perdus pour la postérité.

Elle mourut à 78 ans, au monastère de la Madeleine de la Ville-l'Évêque.

Isaac Habert, qui décéda en 1628 dans le château de son père qu'il avait fort embelli.

Le petit-fils de Pierre Habert, *Isaac* (il portait le même prénom que son père) devint un grand prédicateur et un théologien célèbre : il fut, en 1645, évêque de Varbres en Aveyron et mourut en 1668.

Avant son départ pour Varbres, il avait vendu le château des Ternes moyennant 31.000 livres, le 15 décembre 1663, à Chauvin, baron de Beauvais, et à Lebouteux, seigneur de Carrières, tous deux commissaires du roi à la marine.

Les acquéreurs ci-dessus désignés possédèrent jusqu'en 1680 la seigneurie des Ternes en commun : Chauvin disparut en cette même année.

En 1682, Lebouteux vendit une partie du domaine à Billet qui la céda en 1707 à Bombarde, trésorier de l'électeur de Bavière, archi-chancelier de l'Empire.

Ce que devint le château au XVIII⁰ siècle et jusqu'à nos jours. — Le 31 mai 1715, Mirey de Pomponne fut substitué dans les droits de propriété de Bombarde et, grâce à la dot de sa femme, acquit des héritiers Chauvin l'autre partie du domaine.

Quelque temps avant sa mort, il y eut procès en 1730, entre l'abbaye de Saint-Denis et Grimod de la Reynière, seigneur de Clichy et de Courcelles.

On plaida devant le Châtelet et on alla même jusqu'en appel.

Une transaction intervint enfin qui termina ce long procès :

On prit pour limites de la seigneurie de Clichy et de celle des Ternes, une ligne droite à l'emplacement de la rue Laugier actuelle, et on planta des bornes C. C. du côté de Clichy et S. D. du côté des Ternes.

Mirey de Pomponne ne prit pas part au litige. Il mourut en 1740.

Mme Mirey reçut la moitié du domaine, l'autre moitié alla à ses deux filles mariées à MM. de Gaillartbois et Camus-Destouches : mais en 1740, un accord survint entre les héritiers de Mirey et l'on vendit le domaine à René Masse de Pierre-Ronde.

En 1756, le château devint la propriété de M. Véron de Boisnouvel, en 1759 de M. de Lalive.

En 1768, il fut acheté par le marquis de Gallifet, prince de Martigues, qui le revendit à M. Lenoir en 1778.

Trois ans plus tard, le château était divisé en deux parties : le seigneur des Ternes fit même percer en 1793 une muraille séparative des deux parties du domaine, et un chemin à travers la principale arcade, afin de se préserver contre les pillages des révolutionnaires (ce fut la rue de l'Arcade).

La partie gauche du château (actuellement 17, rue Demours) fut successivement possédée par Griois (1785), Baptestein (1793), Codman (1795), Lyle (1797), Azavedo (1798), et Benoit en 1800.

Ce dernier mourut en 1810, et légua cette partie du château à ses cousins.

Ceux-ci la revendirent au comte Pierre Dupont. Elle passa ensuite entre les mains de sa fille, la comtesse Eugène de Richemont.

Quant à la partie droite du château (actuellement

Château des Ternes, rue Bayen à Paris (état actuel).

19, 21, 23 rue Demours) elle était, en 1781, propriété du sieur Baumé, en 1797 du comte Bergon et en 1824 de la comtesse Dupont qui agrandit cette partie en achetant la propriété voisine qui avait appartenu successivement en 1802 aux Crouen, en 1806 à Louise Simon et en 1812 à Molinier.

A la mort de la comtesse Dupont (1858), le comte Arthur Dupont, son fils, et la comtesse de Richemont, sa fille, héritèrent de leur mère et devinrent alors propriétaires indivis de la totalité du château de Mirey de Pomponne.

En 1864, la propriété fut acquise par Douizeau qui ne put payer.

Elle fut achetée en 1869 par Claude-Marie-Marguerite Perquer, femme d'Edouard-Marie Haincque de Saint-Senoch.

Élisa Demours qui avait d'autre part épousé Aquilas de Saint-Senoch était propriétaire du 23 de la rue Demours, qui appartint à Pierre Demours, médecin-oculiste du roi Louis XV.

La famille de Saint-Senoch est donc actuellement proprié-taire en totalité de ce qui reste du château des Ternes.

Description du château des Ternes. — En 1548, du temps de Pierre Habert, le château des Ternes était une grande mai-son, flanquée de deux tourelles, environnée de fossés pleins d'eau avec pont-levis.

Par ordonnance royale en date du mois de mars 1634, signée de Louis XIII et contresignée par Phelippeaux, Isaac Habert, le petit-fils de Pierre Habert, eut le droit d'avoir colombier* à pied et pont-levis*, ce droit lui ayant été contesté par la no-blesse d'alors.

Louis XIV en 1664, confirma par une nouvelle ordonnance, la qualité de fief à la maison des Ternes.

Mirey de Pomponne fit rebâtir le château, ajouta des ar-doises aux toits, des girouettes aux pignons, fit bâtir des offices et des basses-cours, creuser un lac, planter des bosquets et dessiner les jardins.

Le château entièrement reconstruit subsiste encore aujour-d'hui dans ses parties les plus essentielles.

Il se trouve placé à l'intersection des rues Bayen et Demours actuelles.

Deuxième château des Ternes dit château des Sablons. — Masse de Pierre-Ronde vendit à d'Igoville la partie du do-maine qui touchait par un bout à la grande plaine des Sablons.

Là se trouvait un pavillon en tourelle bâti au moment de la guerre de Cent ans : on l'appelait la *Tourelle des Sablons*. Elle était célèbre à cause de sa haute valeur stratégique.

Le *Journal de l'Étoile* raconte qu'au moment du siège de Paris par Henri III, ce roi y avait établi son état-major.

Isaac Habert fit démolir les créneaux de cette tourelle et ne laissa subsister que le premier étage : un vaste balcon de fer permettait de voir au loin la campagne environnante et la vallée de la Seine.

D'après la tradition, ce balcon permettait à la famille royale d'assister à la revue militaire que le Roi passait chaque année dans la plaine des Sablons.

A cet endroit, d'Igoville fit construire un château d'un style original avec cour, jardins et dépendances. Il présentait un effet pittoresque par son architecture massive, ses toits en ter-rasse et sa grosse tourelle.

Ce château prit le nom de *château des Sablons*, il fut séparé du premier château des Ternes par une rue nouvelle (la rue Guersant) qui se prolongeait jusqu'à Villiers.

D'Igoville vendit le *château des Sablons* à M. de Montregard qui le céda, le 28 juin 1773, à M. le duc de Montmorency-Luxembourg. Il passa ensuite à M. Walpole, parent du fameux ministre anglais, puis au maréchal de Contamine.

Église Saint-Ferdinand des Ternes à Paris.

En 1857, le château correspondait approximativement au n° 98 de l'avenue des Ternes : il n'en reste plus aucun vestige : il a disparu au moment où l'on construisit les fortifications de Paris.

L'église Saint-Ferdinand aux Ternes. — Le quartier des Ternes qui ne fut séparé de Neuilly que le 16 juin 1859 (décret impérial) possède encore aujourd'hui une petite église, place Saint-Ferdinand : c'est la paroisse Saint-Ferdinand des Ternes.

Cet édifice religieux a été mis sous l'invocation de saint Ferdinand par délibération du conseil municipal de Neuilly (1er octobre 1842) et en mémoire du mortel accident survenu au duc d'Orléans, fils aîné du roi Louis-Philippe, le 13 juillet 1842, non loin de là, route de la Révolte.

L'église Saint-Ferdinand a été bâtie par l'architecte Lequeux : elle fut livrée au culte le 27 mars 1847 : le premier curé s'appela l'abbé de Gonet et le vicaire l'abbé Bellanger, l'historien de Neuilly et des Ternes.

Elle a été agrandie en 1877 par les architectes Vaudremer et Brey.

Il existe dans l'église Saint-Ferdinand des Ternes quelques copies de tableaux qui n'ont pas d'intérêt artistique : il n'en est ici fait mention que pour mémoire.

L'ornementation très ouvragée de l'église ne date que de l'époque de l'administration de l'abbé Lemonnier qui fut curé de Saint-Ferdinand de 1886 à 1908.

Sous sa vigilante direction, l'église s'est enrichie de plusieurs œuvres remarquables.

Citons une statue en marbre du Sacré-Cœur, de Sicard, qui obtint la médaille d'honneur du Salon en 1905, une statue de la Sainte Vierge, de Bonnassieux, également en marbre ; un grand tableau de Savinien Petit daté de 1859, représentant l'adoration du Saint-Sacrement : cette belle et grande composition à la manière d'Hippolyte Flandrin fut exécutée à l'occasion de la proclamation du dogme de l'Immaculée conception. Elle se trouve dans la chapelle placée derrière le chœur.

Les trois chapelles où l'on peut voir ces œuvres d'art ont été en outre enrichies d'autels, de bas-reliefs et de balustrades dans le goût de la renaissance italienne en marbre de Carrare ; l'exécution en a été très soignée et chacune d'elles forme un ensemble d'une harmonie parfaite.

Les chapelles à gauche et à droite de la nef sont encore décorées chacune de deux fresques de Georges Claude, peintre d'un réel talent. L'arrangement de ces tableaux est du plus heureux effet : l'exécution en est remarquable à la fois par la maîtrise de l'art et la sincérité de l'inspiration religieuse.

Les sujets choisis par l'artiste sont les suivants dans la chapelle de la Sainte Vierge : la *Visitation* et la *Fuite en Égypte;* dans celle du Sacré Cœur, l'*Adoration du Christ après la mort* et la *Cène.*

LECTURE. Mort du duc d'Orléans. — Le 13 juillet 1842, le duc d'Orléans quittait les Tuileries pour se rendre au château de Neuilly dans son *duc,* un cabriolet à quatre roues, en forme de calèche avec attelage de deux chevaux à la Daumont.

Jusqu'à la Porte Maillot, le trajet se fit sans incident.

A cet endroit les chevaux s'emportèrent et s'engagèrent dans la rue de Chartres.

Le postillon Quesnel dirigea alors son attelage à droite, dans la direction de la route de la Révolte qui s'offrait devant lui.

Chute mortelle du duc d'Orléans (1842).

A ce moment le prince se leva debout, pour demander à Quesnel :

— Es-tu maître de tes chevaux ?

— Oui, Monseigneur, répondit Quesnel.

C'est alors que, par suite d'une brusque oscillation de la voiture, le prince, perdant l'équilibre, fut projeté violemment hors de la calèche et tomba si malheureusement sur le pavé qu'il se fractura le crâne.

Un garde national, deux gendarmes et l'épicier Cordier transportèrent le blessé évanoui dans la maison du 4 *bis*, route de la Révolte, sur la façade de laquelle on lisait : *Cordier, épicier, Chanudet, paveur*.

La famille royale, groupée dans la modeste boutique, assista à la longue agonie de l'infortuné prince qui expira à quatre heures du soir. Selon la volonté du roi Louis-Philippe, on mit la dépouille de son fils aîné sur un brancard que l'on transporta au château de Neuilly par la Vieille Route (avenue du Roule) et le parc jusqu'à la chapelle du château en attendant les obsèques solennelles qui eurent lieu à Notre-Dame le 31 juillet.

La Barrière de l'Étoile.

Le Rond-point de l'Étoile. — Le rond-point de l'Étoile existait depuis 1670, et s'appelait l'Étoile de Chaillot.

Dès 1720, on avait entrepris d'abaisser la butte de l'Étoile qui était beaucoup plus élevée qu'aujourd'hui.

En 1768, on n'avait encore réussi qu'à tracer un chemin dans la montagne.

Mais en 1778, Perronet l'abaissait de 16 pieds et la faisait paver entièrement ainsi que l'avenue de Neuilly.

M. de Cambis dans un article du *Bulletin de la Commission historique de Neuilly* (1910) nous fait l'historique des octrois de Paris qui, avant 1782, comprenait dix-neuf barrières.

La fraude était grande et les fermiers généraux se trouvaient lésés : ils obtinrent du ministre Calonne en 1784, l'autorisation de renfermer Paris dans un vaste mur d'enceinte qui ne fut terminé qu'entre 1798 et 1800.

Elle s'appela l'enceinte des fermiers généraux.

Les Parisiens crièrent et le vers suivant fit fortune :

Le mur murant Paris rend Paris murmurant

L'architecte Ledoux décora chaque barrière, et notamment celle de l'Étoile, d'édifices d'aspect un peu massif mais d'un style original.

LECTURE. Fête du 1er mai 1791 pour la suppression des octrois. — L'opinion publique était exaspérée contre l'âpreté des fermiers généraux.

En 1789, les cahiers des trois ordres exigèrent la suppression des octrois et la Constituante dut céder à la volonté populaire en les supprimant effectivement en 1790.

Ce ne fut cependant que le 1er mai 1791 que les droits d'entrée furent abolis dans Paris.

Ce fut l'occasion d'une *kermesse* monstre.

Durant la journée, le canon tonna en signe de réjouissance publique; la garde nationale, musique en tête, fit le tour des remparts et les paisibles bourgeois, tout en manifestant bruyamment leur enthousiasme, se livrèrent aux plaisirs de la danse et aux douceurs de la bière à trois sous le pot et du vin à six sous la pinte.

Ajoutons que la suppression des octrois ne fut que de courte durée et que la perception des droits d'entrée ne tarda pas à être réorganisée comme jadis.

Quant à la barrière de l'Étoile, elle disparut au moment de l'annexion des communes suburbaines : Passy, Auteuil, Batignolles-Monceau, Montmartre, les Ternes, etc., consacrée par le décret impérial du 16 juin 1859.

L'Arc de Triomphe.

Jules Janin a défini ainsi l'Arc de Triomphe « une masse de pierre chargée de gloire ».

L'Arc de Triomphe avant l'annexion à Paris.

Il appartint au territoire de Neuilly jusqu'au décret impérial de 1859 et l'on peut donc dire, avec M. Leroux-Cesbron, que notre commune perdit, par suite de l'annexion des Ternes à Paris, « le plus beau fleuron de sa couronne ».

L'Arc de Triomphe de l'Étoile fut élevé par Napoléon Ier à la gloire de la Grande Armée par décret du 18 février 1806 : la première pierre en fut posée le 15 août suivant.

Le projet adopté fut celui de Chalgrin (1739-1811).

Les travaux ne commencèrent qu'en 1809 et l'Arc ne fut inauguré que le 29 juillet 1836 : Chalgrin étant mort en 1811, trois autres architectes ont eu successivement la direction des travaux, savoir : MM. Goust (1811-1827), Hugot (1828-1831), Blouet (1832-1836).

Il a coûté 9.637.115 fr. 62 suivant les uns, 9.303.507 fr. 79 suivant les autres.

Citons parmi les cortèges qui ont défilé sous les arcs de triomphe :

Le 1er avril 1810, Marie-Louise passa sous un grand arc factice, de même en 1824, le duc d'Angoulême qui revenait victorieux de Cadix en Espagne ; en 1837 la princesse Hélène sous l'arc qui venait d'être terminé ; en 1840, le 15 décembre, le cercueil qui contenait les cendres de Napoléon Ier et qu'avait ramené à Cherbourg la frégate *la Belle-Poule*, passa sous l'Arc de Triomphe, venant de Courbevoie, avant de se rendre aux Invalides, au milieu d'une foule considérable.

Le 3 août 1848, au pied de l'Arc de Triomphe, eut lieu la distribution des drapeaux à la garde nationale et à l'armée.

Enfin en mai 1885, l'Arc de Triomphe servit de chapelle ardente pour les funérailles de notre poète national, Victor Hugo.

CHAPITRE XII

LES RÉVOLUTIONS A NEUILLY
(1789-1815-1848-1871)

Neuilly en 1789. — La Révolution de 1789 eut naturelle-
ment son contre-coup à Neuilly. Déjà à la date du 14 avril
1789, la municipalité de Villiers-la-Garenne-Neuilly avait,
comme toutes les autres, rédigé le cahier de ses doléances aux
États généraux.

Le 9 août 1789, une assemblée générale des habitants de
Neuilly, dont le syndic était *Delaizement*, eut lieu dans la salle
ordinaire des assemblées de la paroisse, qui était une annexe
de l'église Saint-Jean-Baptiste d'alors et, le 7 février 1790, le
corps municipal était constitué,

Delaizement fut élu maire, mais il donna sa démission, le
14 novembre suivant, et fut remplacé par *Saulnier*, le 21 novembre 1790,

Parmi les actes politiques de la municipalité révolutionnaire
de Neuilly on peut citer les suivants :

Le 1ᵉʳ avril 1791, un arrêté interdisant les danses chez les
marchands de vins pendant le carême.

Le 15 avril 1791, il y eut un service solennel à Saint-Jean-
Baptiste en l'honneur et en mémoire de Mirabeau.

Le 15 septembre 1792, le corps municipal décida que la
grille qui entourait la croix d'Armenonville serait enlevée et
transformée en piques pour la défense de la patrie.

Le 28 septembre 1793, la commune de Neuilly réclama des
grains pour la subsistance des 2.477 habitants.

Le 7 novembre 1793, on fixa le prix de la journée de travail pour les différents corps d'état.

Le 31 octobre 1793, le tutoiement devint obligatoire dans la commune.

Le 1er janvier 1794, il fut décidé qu'une girouette surmontée du bonnet phrygien* serait placée sur le clocher de Saint-Jean-Baptiste.

Le 11 juillet 1794, le maire de Neuilly et le commandant de la garde nationale furent appelés devant le général commandant l'école de Mars, pour avoir communication d'un arrêté du comité de Sûreté générale relatif à l'arrestation de *114 nobles ou domestiques de nobles accusés de détourner* les élèves de l'école de Mars de leurs devoirs révolutionnaires. Ces nobles furent relâchés le 9 thermidor.

Parmi les autres événements contemporains de cette époque, il faut signaler la vente et la destruction du château de Madrid, de l'abbaye de Longchamp, la disparition de l'église Saint-Martin de Villiers qui n'était depuis longtemps qu'une chapelle de secours. Elle fut rasée en 1797.

Quant à l'église Saint-Jean-Baptiste (la première), elle fut désaffectée en 1793 et ses ornements sacrés furent dispersés au vent des enchères.

Devenu temple de la Raison à la fin de 1793, elle fut à nouveau livrée au culte en 1795. C'est à cette époque seulement qu'elle devint enfin église paroissiale au détriment de Villiers.

Ajoutons que, dès le 25 mai 1794, on avait remplacé la mention « temple de la Raison » par une inscription au fronton de l'église : « Le peuple français reconnaît l'Être suprême et l'immortalité de l'âme. »

Neuilly en 1814-1815. — Après les désastres de 1814, des bataillons prussiens et hessois, dès le 30 mars, vinrent bivouaquer à Neuilly. Le 30 mai 1814, eut lieu sur l'avenue de Neuilly une revue de 4.000 hommes tant russes que prussiens, autrichiens, badois et hessois. Ces troupes cantonnèrent à Neuilly jusqu'à la fin de juin et même, disent certains auteurs, jusqu'au 4 juillet.

L'invasion de 1815 dura six mois, du 5 juillet au 22 décembre.

Le pont de Neuilly résista aux attaques des Prussiens mais

le 3 juillet 1815, l'article 7 de la convention abandonnait le pont et la ville au pouvoir des alliés. Cette convention fut signée, dit-on, à la grille du Bois, chez le restaurateur Gillet.

Le 24 juillet 1815, une revue de 70.000 hommes fut passée par les souverains alliés de la place de la Concorde au pont de Neuilly : Wellington avait établi pendant deux jours son quartier-général à la Folie Saint-James et ensuite au château de Neuilly.

Le 30 août 1815, une revue fut encore passée par les alliés sur l'avenue de Neuilly. L'invasion de 1815 fut très onéreuse pour Neuilly : les réquisitions faites par les alliés en 1815 s'élevèrent à 5.867 fr. 67. A la date du 5 juillet 1815 nous voyons que la commune avait déjà fourni aux troupes anglaises 35.000 litres d'avoine et 3.000 litres d'eau-de-vie.

Neuilly en 1848. — La population et la municipalité de Neuilly n'ont aucune responsabilité dans les désordres qui suivirent dans notre ville la disparition de la royauté de Louis-Philippe.

A l'Hôtel de Ville de Neuilly, le maire provisoire, M. Soyer, fut nommé le 1er mars 1848.

La révolution de 1848 eut pour conséquence de modifier les noms de plusieurs rues. L'avenue de Neuilly devint l'avenue de la République, la rue Louis-Philippe s'appela la rue du 24-Février, la rue d'Orléans fut dénommée rue de la Liberté, la place d'Orléans, aux Ternes, porta le nom de place Boulnois.

Une délibération du conseil municipal en date du 17 janvier 1852 rétablit les noms précédents.

LECTURE. Pillage et incendie du château de Neuilly (25-26 février 1848). — Le 25 février 1848, de grand matin, les émeutiers en grand nombre arrivent jusqu'aux portes du château.

M. Aubert, le régisseur, croyant en imposer à la foule toujours grossissante, revêt son uniforme d'officier de la garde nationale et oblige le personnel du château à lui prêter main-forte en cas d'incendie.

En même temps, il fait ouvrir les grilles du château afin de ne pas exaspérer les émeutiers et il se hâte de prévenir la municipalité pour obtenir le secours de la force armée.

Dans cet intervalle, le château et le parc sont envahis par les forcenés et les déprédations de toute sorte se donnent libre carrière.

Vers deux heures les émeutiers exigent du vin : à quatre heures hommes et femmes sont ivres.

Ils envahissent bientôt les appartements du palais et, de quatre à sept heures, qui avec des bâtons, qui avec des barres de fer, qui avec des piques, crèvent les tableaux, brisent les glaces, arrachent les tentures et jettent les meubles par les fenêtres.

Deux courageux citoyens, MM. Thevenin et Bazot essaient vainement de calmer les assaillants et d'arrêter le pillage. Ils sont bientôt réduits à l'impuissance et M. Thevenin est même blessé à la tête d'un coup de baïonnette.

Cependant les émeutiers mettent le feu aux débris accumulés dans la cour des cuisines.

Les pompiers accourent, conduits par M. Sculpfort, mais ils sont repoussés et durement congédiés par les incendiaires.

L'incendie se propage avec rapidité dans l'aile gauche (appartements du duc de Nemours). Il est 7 heures du soir.

A 8 heures, le feu gagne l'aile en retour d'équerre où se trouve la salle à manger et enfin les appartements du roi sont également la proie des flammes.

A 9 heures, le palais s'affaisse en grande partie.

Il ne reste plus que des ruines et des cadavres d'émeutiers victimes de leurs propres forfaits.

A 4 heures du matin, profitant de l'état d'ivresse des incendiaires, on réussit à sauver l'argenterie qui est portée à la mairie de Neuilly par Aguetta, Dubessy, Gibault, Laplace, Hémond, Briot, conduits par le polytechnicien Roger.

M. Ancelle, conseiller municipal, prend en charge l'argenterie et appose les scellés sur le meuble qui la renferme.

Le 26 février, de nouveaux émeutiers parviennent encore, dès 8 heures du matin, pour renouveler les exploits de la veille et achever l'œuvre de destruction, mais heureusement à 10 heures le général Ordener vint occuper militairement les ruines encore fumantes de ce qui fut le château de Neuilly.

Neuilly en 1870-1871. — Le 18 septembre 1870, le maire en fonctions, M. Ybry, réunit le conseil municipal et l'informa qu'il avait fait transporter les archives communales au greffe du tribunal et qu'il prenait des mesures pour transférer le siège de la mairie au 22, rue Lafayette, à Paris.

Seul, l'état civil devait continuer à fonctionner dans la commune.

Le 6 octobre, le conseil municipal siégea pour la première fois, 22, rue Lafayette : il s'occupa des moyens de fournir des vivres aux habitants restés dans leurs foyers à Neuilly.

A cet effet, une demande fut adressée à la mairie centrale de Paris.

Sir Richard Wallace fit à la mairie, le 15 décembre 1870, un don de 2.000 francs pour subvenir aux dépenses les plus urgentes.

Le conseil municipal revint siéger à la mairie de Sablonville, le 9 mars 1871.

Neuilly pendant la Commune. — En 1871, Neuilly fut très éprouvé par la Commune.

Du 1er avril au 22 mai 1871, un bataillon de fédérés* parisiens occupa la mairie et la ville. Des combats presque quotidiens s'y livrèrent entre les Versaillais et les fédérés.

Pris entre deux feux, ceux du Mont Valérien et ceux de la Porte-Maillot, les malheureux habitants durent se réfugier dans les caves.

Les dégâts furent énormes tant le bombardement fut terrible.

Dans sa séance du 16 décembre 1871, la municipalité fut à même de constater que les dégâts, rien que pour les bâtiments communaux, étaient évalués à 299.517 francs, dont 107.915 pour l'église Saint-Jean-Baptiste, 69.501 pour les bâtiments scolaires et 3.176 francs pour la mairie qui se trouvait alors place Parmentier, à l'emplacement de la Justice de paix actuelle.

Le 25 avril 1871, avait eu lieu un armistice de quelques heures qui permit à quelques habitants de gagner Paris par la porte des Ternes et d'échapper ainsi aux affres du bombardement.

Le 21 mai 1871, l'armée de Versailles réussit à pénétrer dans Paris et mit fin à cette lutte fratricide.

LECTURE. Terribles effets de la Commune à Neuilly (1871). — Notre regretté concitoyen, Paul Hildenfinger, qui s'est fait avec talent l'historien de cette période révolutionnaire, a publié, dans le *Bulletin de la Commission historique* (1911), une étude très documentée intitulée *Neuilly pendant la Commune.*

Il y signale les navrants résultats de la terrible lutte qui mit aux prises Parisiens et Versaillais.

Le déchet moral n'est pas moindre, dit-il, que le déchet matériel. Que d'existences désemparées !

Ce qui frappe le plus le comte Hübner, qui assiste au douloureux spectacle des habitants de Neuilly rentrant à Paris par la porte des Ternes, *c'est un affaissement moral inouï !*

La difficulté de se remettre à flot, voilà ce qu'à des degrés divers, on peut entendre dans la plainte du petit bonnetier dont les métiers ont été brisés, de la couturière qui a tout perdu, sa machine à coudre, son couvert d'argent et le lit même de son enfant malade qui, après cinquante nuit de caves, a encore la fièvre et crie toujours que la maison croule, de cette malheureuse mère dont la fille a été tuée par un obus et dont le mari ne donne plus de nouvelles.

Il y a aussi la détresse du marchand de drap réfugié à Angoulême qui, à 53 ans, est obligé de recommencer à travailler, de la propriétaire qui se trouve brusquement ruinée et veuve à la fois.

Le bilan de cette catastrophe qui mit Neuilly à feu et à sang peut se résumer ainsi, d'après Paul Hildenfinger :

Une ville de 12.000 habitants sacrifiée à la politique du gouvernement de Versailles et de l'Hôtel de Ville de Paris, des hostilités longues et pénibles, cinquante-deux jours de canonnades et de fusillades à peu près ininterrompues, l'angoisse pesant près de deux mois sur les malheureux qui n'ont pas réussi à fuir, plus de cinq cents maisons atteintes par les obus, dix millions de dégâts officiellement constatés, tels sont les résultats lamentables de cette crise suraiguë qui affecta plus particulièrement Sablonville et le parc de Neuilly.

CHAPITRE XIII

LES MAIRIES DE NEUILLY

Organisation du corps municipal. — Dès que parut le décret de décembre 1789, Neuilly se constitua en commune.

Comme il n'y avait pas de local disponible pour les séances de la municipalité, celle-ci adopta une salle adossée à la chapelle Saint-Jean-Baptiste qui servait de dépôt aux meubles de l'église et aux ustensiles du culte.

La première assemblée municipale eut lieu le 7 février 1790.

Cette salle servit à la fois aux réunions du Corps municipal et au juge de paix qui se plaignait d'être troublé au cours de ses audiences par les chants liturgiques.

La mairie est transférée rue de Madrid. — La vente faite par la Commune au général Murat du chemin de la Procession et de Villiers à Neuilly qui formait une rente de 2.500 francs, permit de remédier à cet état de choses et d'acquérir un local spécial pour les séances du Conseil municipal.

Le 28 septembre 1809, le maire de Neuilly, Delabordère, proposait à la municipalité d'acheter rue de Madrid (rue du Château actuelle), une maison appartenant à Mme veuve Petit et située en face de la rue du Pont (la rue qui conduisait à l'ancien pont de bois), 8, place du Château.

Cet immeuble comprenait deux corps de logis et cette disposition particulière permettait d'y mettre à la fois la mairie, la salle de justice de paix, le logement du curé et les écoles.

Le prix de vente était de 18.000 francs payables 6.300 francs comptant, le solde par annuités de 1.500 francs.

L'autorisation du Conseil d'Etat fut donnée le 16 avril

1811 et, sans plus tarder, la municipalité s'engagea à verser à Mme Petit le premier acompte convenu, soit 6.300 francs.

Pendant 25 ans, le Conseil municipal siégea dans cette maison.

La mairie de Sablonville. — Cependant les habitants de Neuilly devenaient plus nombreux : Sablonville fut loti et le hameau des Ternes s'augmenta considérablement.

Les personnes qui habitaient ce dernier quartier trouvaient avec raison, que la mairie était trop éloignée et ne parlaient rien moins que de se constituer en municipalité distincte.

Le 8 août 1833, le maire, M. Labie, proposa de créer une mairie plus centrale.

M. Marcel, architecte et propriétaire à Sablonville, offrit à la Commune le terrain sur lequel on édifierait la mairie et la justice

L'ancienne Mairie de Sablonville.

de paix : il s'engageait, en outre, à ne pas demander d'honoraires pour la construction et à abandonner à la Ville la somme constituée par la reprise des bâtiments de l'ancienne mairie de la rue de Madrid.

Le 31 janvier 1834, la municipalité accepta les conditions de M. Marcel et le 5 août 1836, le Conseil municipal siégea pour la première fois place Parmentier à l'emplacement où se trouve actuellement la justice de paix.

Pendant le siège de Paris (1870). — Nous avons relaté, dans le chapitre consacré à la guerre de 1870 et à l'insurrection de 1871, que la municipalité se transféra à Paris, 22, rue Lafayette, du 25 septembre 1870 au 9 mars 1871.

L'Hôtel de Ville actuel. — L'Hôtel de Ville actuel, où se trouvent réunis les services administratifs de notre ville, se trouve avenue du Roule, au fond d'une place assez large qui permet de mettre en valeur les aspects de sa façade empruntée au style de la Renaissance.

Le terrain fut acquis, par la municipalité, de Mme Balsan, à raison de 40 francs le mètre.

La première pierre de ce monument fut posée le 30 juillet 1882 : le concours institué par la municipalité avait réuni soixante concurrents. Le premier prix fut accordé à Gaspard André, architecte lyonnais, mais ce dernier, chargé de travaux importants, ne put se déplacer et ce furent deux architectes de Neuilly, MM. Dutocq et Simonet, qui réalisèrent l'ensemble de la construction.

Les travaux furent achevés le 20 septembre 1885.

L'Hôtel de Ville de Neuilly-sur-Seine.

Nous ne nous attarderons pas à refaire la description de cet édifice, connu de tout le monde.

Signalons seulement que l'on a commandé dernièrement au maître sculpteur Bareau deux cheminées monumentales qui doivent orner la grande salle des Fêtes.

Ajoutons que des tympans dus aux artistes suivants justement réputés ornent depuis 1911 le grand vestibule d'honneur : MM. Scheidecker, Bréham, Paulin Bertrand, Levé, Buffet, Habert, Laronze, Rooke, Waidmann, Costeau, Boureau.

Le moulin de Longchamp, le château de Madrid, la Folie Saint-James, le parc de Bagatelle, la Pompe à feu, l'avenue de Neuilly avant 1860, le château des Ternes, l'ancienne mairie de Sablonville, le château de Neuilly, l'île d'Amour, l'île de la Jatte, le Tir aux pigeons, le chêne de François Ier, tels sont les sujets traités par ces peintres.

L'Hôtel de Ville possède un nombre considérable d'œuvres d'art et sans compter les tableaux de la salle des Fêtes et les statues qui ornent le palais municipal, on doit mentionner parmi les œuvres les plus récentes, le plafond du grand vestibule de M. Bonnencontre, intitulé *Hymen*, les motifs décoratifs de Lionel Royer, les superbes panneaux d'Aublet et de Courtois qui se trouvent dans la salle des mariages.

Le Général Henrion-Bertier, Maire de Neuilly (1888-1901).

On peut admirer aussi, dans le cabinet des adjoints *le Mariage primitif* de Chartran et dans la salle réservée aux commissions municipales deux peintures offertes par la veuve du regretté Dubufe, *la Cigale et la Fourmi*.

CHAPITRE XIV

NEUILLY MODERNE. — LE PASSÉ DANS LE PRÉSENT. — INDUSTRIES ET TRADITIONS LOCALES. — PERSONNAGES ILLUSTRES. — ADMINISTRATION. — STATISTIQUE.

Neuilly d'aujourd'hui. — On allait autrefois à Neuilly comme on va aujourd'hui à la *campagne*. Notre cité n'est plus actuellement que la plus parisienne des banlieues : le décor que lui font le Bois de Boulogne et les rives de la Seine ajoute encore à son charme propre qui l'a fait surnommer la *perle de la banlieue*.

Le pont de Perronet, de majestueuses avenues, de coquettes villas entourées de jardins, de hautes et confortables maisons de rapport, des communications rapides et nombreuses, un parc plein d'ombrages et de verdures, tels sont les agréments que Neuilly offre au visiteur.

Son territoire réunit aujourd'hui Sablonville, toute la plaine des Sablons et le vieux Neuilly dont il ne reste que deux rues, les rues du Pont et Bailly, quelques maisons anciennes rue Ybry, Bagatelle, la Folie Saint-James, et les vestiges des châteaux de Neuilly et Villiers.

Sur le plan de Port de Neuilly de 1657 conservé aux Archives nationales, on voit, outre la rue du Bailly et la grande rue du Pont, de nombreux *lieux dits*, entre autres les Graviers et les Huissiers, qui ont laissé leur nom à des rues encore existantes.

Monuments de Neuilly. — Comme pour contraster avec le vieux Neuilly d'un pittoresque amusant, notre ville possède des édifices grandioses, dus à l'architecture contemporaine.

I. *L'Hôtel de Ville.* — Le palais municipal, située avenue du Roule, a été inauguré le 16 janvier 1886. MM. Dutocq et Simonet ont réalisé et transformé le projet de Gaspard André, architecte lyonnais, qui avait obtenu le premier prix du concours.

II. *L'Église Saint-Pierre.* — Cette église s'élève au rond-point d'Inkermann, elle a été livrée au culte le 15 avril 1897. Elle est l'œuvre de l'architecte Dauvergne. Devenue église paroissiale depuis que le titre curial lui a été transféré en 1897, après de nombreuses controverses, ce monument est un des plus beaux types du style roman-auvergnat.

III. *L'Église Saint-Jean-Baptiste.* — D'abord chapelle de secours, depuis 1911 elle est redevenue paroisse. Nous avons longuement parlé de cette église au moment où nous avons fait l'historique des édifices religieux de Neuilly : le lecteur voudra bien s'y reporter.

M. Nortier, député.
Maire de Neuilly, depuis 1908.

IV. *L'Église Évangélique* se trouve à l'angle de la rue Perronet et du boulevard d'Inkermann : elle est consacrée au culte protestant depuis 1866.

V. La *Synagogue*, située rue Jacques-Dulud, a été construite en 1877-1878.

VI. La *Justice de Paix*, place Parmentier, œuvre de l'architecte Charron, a été achevée en 1898. La dépense s'est élevée à 212.340 fr.

VII. Le *Bureau central des Postes, Télégraphes et Télé-*

phones, situé 113, avenue de Neuilly, est l'œuvre de l'architecte Boisseau : il a été inauguré par le ministre Simyan, le 13 octobre 1909.

VIII. *Le lycée Pasteur*, dont la première pierre a été posée en juillet 1912 en présence de M. Guist'hau, ministre de l'Instruction publique occupera une superficie de 12.117 mètres. Le nombre d'élèves à recevoir sera d'environ 800 dont 550 externes et 250 demi-pensionnaires. L'édifice est dû au talent de M. Umbdenstock et se trouve placé en retrait de 20 mètres sur le boulevard d'Inkermann entre les rues Perronet et Borghèse. On estime que la dépense atteindra environ 5 millions.

Statues érigées à Neuilly. — Notre cité a toujours eu la préoccupation de s'embellir : citons parmi les statues et groupes artistiques qui lui font un ornement durable : la statue de Parmentier située dans le square de l'Hôtel-de-Ville, face au boulevard d'Argenson, inaugurée en 1888 et la statue de Perronet, placée au rond-point d'Inkermann (inauguration le 4 juillet 1897), toutes deux dues au ciseau d'Adrien Gaudez ; le marbre de Jeanne d'Arc, dans le petit square de l'église Saint-Pierre, dû au talent de Péchiné et offert par le Conseil général, le monument d'Alfred de Musset au rond-point Maillot, œuvre de Pierre Granet, érigé le 24 juin 1906, le groupe en bronze des Aéronautes du siège, de Bartholdi, inauguré le 26 janvier 1906 ; dans le cimetière ancien de la rue Victor-Noir, les monuments du général Henrion-Bertier et des soldats de 1870, le Bourreau, marbre donné à la ville par le statuaire Ferrary dans le square de l'Hôtel-de-Ville.

Écoles et groupes scolaires. — Il existe à Neuilly 3 écoles de garçons, 3 écoles de filles et 4 écoles maternelles, savoir l'école de garçons de la rue des Huissiers, 20, l'école de filles et l'école maternelle de la rue des Poissonniers, 5 et 9, le groupe scolaire de l'avenue du Roule qui forme deux immeubles distincts ; l'un est situé au n° 125 et l'autre aux n°s 90 et 92 de la même avenue, quant à l'école maternelle de la place Parmentier elle a été construite en même temps que la justice de paix.

En 1910, a été inauguré un nouveau groupe scolaire boulevard de la Saussaye 58, 60 et 62 : la cour qui borde le boulevard appartient à l'école maternelle et les bâtiments latéraux auquel on accède par deux passages comprennent à la fois une école de garçons et une de filles.

Établissements hospitaliers et charitables. — Nous nous occuperons d'abord des propriétés communales, puis des établissements non communaux. Neuilly possède deux établissements hospitaliers.

I. L'*hospice des vieillards*, situé rue Soyer, n° 1, a été inauguré le 24 novembre 1889. Il comprend 25 lits pour les femmes et 16 pour les hommes et 8 lits à l'infirmerie, 4 pour chaque sexe.

II. L'*orphelinat municipal*, d'abord situé rue des Poissonniers, 9, a été transféré 37 boulevard Victor-Hugo dans la propriété de Mme Soucailles Alfaro. Il comprend actuellement 30 jeunes filles qui sont tenues d'y demeurer jusqu'à l'âge de 18 ans.

Citons maintenant parmi les autres établissements charitables l'hôpital *Hahnemann*, 45, rue de Chézy reconnu d'utilité publique, le 9 août 1886; la fondation *Galignani* frères située boulevard Bineau, 55 et administrée par l'Assistance publique. L'édifice, inauguré le 22 juillet 1889, a été construit sur les plans de MM. Delaage et Véra. Elle contient 100 lits réservés aux vieillards des deux sexes âgés de 60 ans révolus : 50 payants, 50 gratuits; la fondation *Belœil* se trouve rue Borghèse, 57 : elle sert à hospitaliser 50 indigents infirmes du dix-septième arrondissement de Paris ou de Neuilly; l'asile *Mathilde*, fondé en 1853, 42, avenue du Roule; l'asile *Sainte-Anne*, fondé par l'abbé Deguerry, curé de la Madeleine au 68 de la même avenue.

La succursale de la Banque de France. — La succursale de la Banque de France, sise avenue de Neuilly, 40, mérite une mention particulière. Elle est due au talent de l'architecte A. Defrasse et porte le millésime de 1899.

Population. — Depuis 1801, les différents dénombrements faits à Neuilly ont donné les résultats ci-après :

En 1801, 1.560 habitants; en 1856, 23.584 habitants; en 1881, 25.235 habitants; en 1891, 30.244 habitants; en 1901, 37.493; enfin en 1911, 44.616 habitants.

Les maires de Neuilly. — Depuis la loi municipale du 5 avril 1884, le conseil municipal de toutes les communes de France est élu pour quatre ans par le suffrage universel : cette assemblée nomme elle-même le maire qui présidera à ses délibérations et devra sanctionner tous les actes d'administration municipale.

Voici la liste des maires qui ont administré Neuilly depuis la Révolution ; les uns furent nommés par les divers gouvernements, les autres par le suffrage de leurs concitoyens.

Le premier maire de Neuilly fut Delaizement, élu en février 1790, puis après lui Michel Saulnier (1790-1792). Ensuite vinrent Girard (1792), Boutard (1793), Delabordère (1808-1813), Chaptal, baron de Chanteloup (1813-1814), Delabordère (1814-1829), Raimbault (1830-1832), Labie (1832-1843), Garnier (1843-1848), Soyer, maire provisoire nommé le 1er mars 1848, Simonet (1848-1849), Andrau (1849-1851), Ancelle (1851-1868), Ybry (1868-1870), Houssay (1870), Boyriven (1870), Manier (1871), Daix (1875-1886), Rousselet (1886-1888), Général Henrion Bertier (1888-1901), Huet (1901-1904), Bertereau (1904-1908), Nortier depuis 1908. Le maire actuel de notre ville est, en outre, député de la circonscription Neuilly-Boulogne. Il a été élu le 19 novembre 1911 par 6.722 suffrages : il succédait à Hector Depasse, décédé.

Traditions locales. — Il n'y a comme tradition locale que la fête de Neuilly qui a lieu tous les ans sur l'avenue de Neuilly depuis la porte Maillot jusqu'au pont de Perronet. Le décret impérial inscrit au *Bulletin des lois* de 1815 (6e série, p. 290) porte la date du 10 juin 1815 : il indiquait qu'il serait établi dans notre commune une foire annuelle pour la vente des marchandises de toute espèce : elle devait durer du 24 juin au 2 juillet inclusivement.

Outre la fête vénitienne qui est accompagnée d'un feu d'artifice tiré dans l'île de Puteaux pendant la durée de la fête, il est décerné tous les ans trois prix de mérite : le legs Pierret (1882) d'une valeur de 1.200 francs, le legs de Mme Lajeune Guémain (1891) d'une valeur de 500 francs, et enfin celui de Mme Lefort (1908) d'une valeur de 300 francs.

Industries locales — Les principales industries locales sont les suivantes : *la tapisserie et la passementerie, la parfumerie et les produits pharmaceutiques, l'électricité, la carrosserie automobile, les produits alimentaires.* Les principaux commerces sont ceux des *chevaux,* des *automobiles,* des *bois et charbons,* de *l'épicerie,* des *grains,* des *vins et liqueurs.* Il existe en outre deux garde-meubles dont le plus important est le garde-meuble Nortier sis 99, rue Borghèse.

L'industrie de la tapisserie de Neuilly est la plus originale et la plus ancienne des industries locales.

Neuilly fut, en effet, pendant plus d'un siècle, réputé pour la fabrication de ses laines et de ses soies tricotées. On prétend que la tapisserie de Neuilly fut une école filiale de la manufacture d'Aubusson, au dix-septième siècle et que de 1650 à 1720, il y avait au château de Madrid et même, suivant certains auteurs, au pavillon d'Armenonville, d'actives manufactures de tapisserie. Cette industrie disparut au dix-huitième siècle pour ne renaître qu'en 1865.

Les blanchisseurs furent également très nombreux de 1815 à 1860. On cite le nom de Dulud qui fut blanchisseur de Louis-Philippe et de l'Empereur Napoléon III.

Une autre industrie qui eut beaucoup de vogue, notamment de 1857 à 1860, fut celle du *ratafia*, sorte de vin cuit comparable au Banyuls d'aujourd'hui. On le buvait dans des coquilles d'argent chez Hurel, épicier, qui avait comme enseigne : *Au ratafia de Neuilly.*

Cette boutique faisait l'angle de l'avenue de Madrid et de l'avenue de Neuilly. C'était l'endroit où s'arrêtait la *patache* qui venait de Suresnes. La voiture publique faisait le tour de la ville et le cocher pour lequel les clients étaient des amis « cornait » devant la porte de chacun d'eux. L'arrivée des retardataires provoquait les quolibets des joyeux voyageurs.

LECTURE. Pose de la première pierre du Lycée Pasteur (1912). — Le samedi 6 juillet 1912, vers une heure et demie de l'après-midi, eut lieu la cérémonie de la pose de la première pierre du lycée de Neuilly dénommé lycée Pasteur ainsi que l'avait décidé un vote du Conseil municipal.

Ce lycée est situé au 9 du boulevard d'Inkermann.

La cérémonie fut simple et de peu de durée.

M. Guist'hau, ministre de l'Instruction publique, arriva en automobile. Il fut reçu par M. Nortier, maire de Neuilly, député de la Seine, entouré de ses adjoints et des conseillers municipaux.

Les présentations faites, le ministre fut conduit sous la tente installée sur le terrain du lycée. Des explications techniques furent données au ministre par l'architecte Umbdenstock et l'entrepreneur de maçonnerie Blazeix, puis un parchemin, sorte de procès-verbal de la cérémonie, fut déplié et les personnages officiels y apposèrent leur signature dans l'ordre suivant : M. Guist'hau, M. Poirier de Narçay,

M. Nortier, M. Liard, M. Cherest, M. Lucien Poincaré, M. Magny, M. Didier, MM. Bertrand, Villeneuve, Deloison, adjoints au maire de Neuilly, M. Umbdenstock, architecte du lycée, et M. Blazeix, l'entrepreneur de maçonnerie.

Personnages illustres qui ont résidé à Neuilly. — La liste en est longue et nous ne citerons que les plus célèbres parmi les personnages qui ne sont plus.

D'abord saint Louis qui fonda Longchamp, puis les rois qui vinrent à Madrid, race des Valois et ensuite race des Bourbons. Louis-Philippe fut le dernier roi qui résida à Neuilly.

A la suite des rois, une foule de grands seigneurs. A côté, des *Conti, Montmorency, d'Estrées, de Noailles, Schomberg, Chevreuse*, on trouve sur les registres paroissiaux les noms de *Voyer d'Argenson, Maurepas, Rosambo, Montyon, Radix de Sainte-Foix*, etc.

Les écrivains célèbres qui vinrent souvent à Neuilly s'appellent *Pascal, Bossuet, Boileau, La Bruyère, Sébastien Vaillant, Voltaire, Jean-Jacques Rousseau, Bernardin de Saint-Pierre, Adamson, Millin de Grandmaison*.

Au dix-neuvième siècle et jusqu'à nos jours l'on peut citer aussi parmi les habitants de Neuilly, qui appartiennent maintenant à l'histoire, *Millevoye* (1782-1816), *Martainville* (1776-1830), *Alexandre Dumas* père (1803-1870), *Théophile Gautier* (1811-1872), *Xavier Eyma* (1816-1876), le comédien *Régnier* (1804-1884), les poètes *Catulle Mendès* (1841-1909), *Alexandre Piedagnel* (1831-1903), l'économiste *Frédéric Passy* (1822-1912); les députés ou ministres *Depasse, Guyot de Villeneuve, Rouvier* (1831-1903); les peintres *Chartran, Benjamin Constant, Bastien-Lepage, Dubufe, Cortazzo ;* les sculpteurs *Gaudez, Granet*, etc., les littérateurs *Léon Gandillot, Edmond Gondinet, Pierre Quillard*, sont morts tous trois à Neuilly.

CONCLUSION

La Ville de Neuilly est donc riche en souvenirs historiques !

Il nous a paru utile de retracer le plus clairement possible les principaux événements qui se sont passés sur son territoire, sans avoir la prétention d'écrire un livre définitif.

En même temps nous manquerions à notre devoir en ne signalant pas les intéressants travaux accomplis depuis 1903 par la *Commission municipale historique* qui a éclairci bien des points obscurs de notre histoire locale.

D'autre part, on parle beaucoup en ce moment de désaffecter les fortifications de Paris, notre grande voisine, et d'annexer à la capitale, les terrains de la zone militaire, qui lui font une ceinture si pittoresque.

Que nous réserve l'avenir ?

Dans tous les cas, quelles que soient ses destinées, on peut affirmer sans crainte que notre cité justifie chaque jour davantage la devise qu'elle a si fièrement inscrite sur ses armes et que Neuilly-sur-Seine, — l'ancien petit village de Port-Neuilly, — est aujourd'hui dans un état de prospérité à rendre jalouses des villes plus anciennes ou plus importantes.

LEXIQUE

[*Ce lexique contient les mots marqués d'un astérisque dans le cours du présent ouvrage et qui ont paru avoir besoin d'être expliqués.*]

Abbaye. — S. F. Association religieuse d'hommes ou de femmes ayant à leur tête un abbé ou une abbesse. On désigne encore ainsi les constructions habitées par la communauté.

Abside. — Extrémité d'une église, la partie qui se trouve derrière le chœur.

Agronome. — Celui qui est versé dans la science de l'agriculture.

Allocution. — Discours qui n'a qu'un développement peu étendu.

Alluvion. — Dépôt argileux ou sablonneux que les eaux apportent ou laissent en se retirant.

Apocryphe. — Qui n'est pas authentique, ou faussement attribué à quelqu'un.

Arpent. — Mesure agraire variable de 30 à 51 ares suivant les contrées.

Béatifier. — Mettre au nombre des bienheureux suivant la doctrine catholique.

Campanile. — Lanterne ou petit clocher à jour qui, surmontant un édifice, contient des cloches ou une horloge.

Colombier. — Bâtiment où l'on élève des pigeons. Sous l'ancien régime, les gentilshommes seuls pouvaient avoir des colombiers.

Dandysme. — Prétention à l'élégance, au suprême bon ton.

District. — Étendue d'une juridiction.

Ensaisinement. — Acte par lequel on reconnaît le nouveau tenancier ou possesseur d'un fief ou d'une propriété.

Ex-voto. — Se dit d'un objet ou d'un monument religieux érigé à la suite d'un vœu.

Fabrique. — Conseil qui a l'administration des biens et revenus d'une église.

Fédérés. — Soldats de la Commune de 1871.

Feu. — Ménage, famille. *Un village de trois cents feux.*

Folie. — Petite maison de campagne où l'on se réunissait autrefois pour pouvoir se divertir librement, à l'abri des importuns.

Franciade. — On nommait ainsi le district comprenant l'arrondissement de Saint-Denis sous la Révolution.

Garenne. — Domaine où l'on ne pouvait pénétrer sans l'agrément du seigneur ou du propriétaire.

Gruyer. — Officier qui avait sous sa juridiction les forêts ou bois seigneuriaux ou royaux.

Guinguette. — Cabaret de banlieue.

Incroyables. — Nom donné, sous le Directoire, à des jeunes gens qui mettaient une grande affectation dans leur costume, leurs manières et leur langage. Ils durent leur surnom à la manie qu'il avait de supprimer dans la prononciation les *r* et de répéter à tout instant : *c'est incoyable, ma paôle d'honneu.*

Lion. — Jeune homme riche et très élégant.

Magnanerie. — Bâtiment qui sert à élever des vers à soie.

Maladrerie. — Hôpital de lépreux, au moyen âge.

Merveilleuses. — Nom sous lequel on désigna, sous le Directoire, les jeunes femmes d'une élégance recherchée dans leur manière et leur toilette.

Obituaires. — Rentes perçues par la fabrique au moment des décès pour le service religieux de l'église.

Octogonale. — Qui a la forme d'une figure géométrique à huit angles ou huit côtés.

Péage. — Droit de passage sur un pont.

Pentagonale. — Qui a la forme d'une figure géométrique à cinq angles et cinq côtés.

Phrygien (bonnet). — Coiffure qu'on donne habituellement aux images de la République elle avait été adoptée en 1793 par les Jacobins et resta depuis lors le symbole de l'esprit révolutionnaire.

Pont-Levis. — Pont qui se lève ou s'abaisse pour ouvrir ou fermer le passage d'un fossé à l'entrée d'un château ou d'une place forte.

Roman (style). — Style architectural qui a précédé l'art ogival et caractérisé par les voûtes en plein cintre.

Servitudes. — Charges imposées aux propriétaires du parc de Neuilly pour conserver à cette portion importante de notre commune ses agréments d'élégance et d'hygiène.

Thémis. — Déesse de la Justice chez les anciens que l'on représente toujours avec des balances.

Ténèbres. — Office catholique de la semaine sainte.

Transept. — Galerie transversale qui sépare le chœur de la nef.

Villette. — Synonyme de village ou de petite ville.

Vocable. — Nom du saint sous le patronage duquel une église est placée.

TABLE DES MATIÈRES

3577. — Tours, imprimerie E. Arrault et Cⁱᵉ.

www.ingramcontent.com/pod-product-compliance
Lightning Source LLC
Chambersburg PA
CBHW071103260626
47162CB00006B/2192